Emrah Serbes
junge verlierer

Emrah Serbes

junge verlierer

Aus dem Türkischen von Oliver Kontny

binooki

Die Originalausgabe erschien unter dem Titel
erken kaybedenler

Mit Unterstützung des Programms
»Kultur 2007-2013« der Europäischen Union

Kultur

Deutsche Erstausgabe

1. Auflage 2014

Lektorat: Ulrike Gramann
Satz: Erhard Waldner
Umschlaggestaltung: Josephine Rank

Druck: Concept Medienhaus GmbH, Berlin
Printed in Germany
ISBN 978-3-943562-32-3

Inhalt

Leid wird erst dann schön, wenn es zur Erinnerung gerinnt.

CEMİL MERİÇ, *Jurnal*, Band 1, S. 182

Omas erster Tod

Wer die Adern an ihren Händen oder die Falten in ihrem Gesicht betrachtet, wird sie vielleicht für einhundertfünfzig Jahre alt halten. Dabei ist sie erst vierundachtzig, meine Oma. Sie trägt eine Zweistärken-Brille für Nah- und Fernsicht, sie hat eine Geldbörse fürs Kleingeld, manchmal frühabends zündet sie sich eine Ballıca[1] an, um den Geschmack zu genießen. Vor allen Dingen aber bringt sie eine immense Kraft auf, ihre nie enden wollende Einsamkeit zu ertragen. Damit hat sie sich, als besonders kauziger Mensch, einen Thron in meinem Herzen errichtet. Gleichzeitig fürchte ich mich immer schon vor ihrer Kraft, Einsamkeit zu ertragen. Denn sie kommt einzig mit mir und den Menschen, die sie im Fernsehen sieht, aus. Nachbarn, die zu lange zum Gelegenheitsbesuch bleiben, selbst die Katzen, die in kalten Winternächten vor den Fenstern miauen, wie es sich für Katzen gehört, sind ihr nur lästig. Sie erträgt kein menschliches Wesen in ihrer Nähe außer mir. Nur wenige alte Menschen sind wie sie; die meisten fühlen sich eher im Stich gelassen. Wie vergammelte Wassergallonen auf Balkonen, die nach hinten rausgehen. Deshalb ergeben sie sich schon beim kleinsten Anzeichen von Aufmerksamkeit restlos. An Feiertagen bekommen sie feuchte Augen, und auch sonst erfüllen sie sämtliche Klischees, die man von ihnen erwarten kann.

Die Menschen, die mein Vater und meine Mutter hätten werden können, starben bei einem Verkehrsunfall. Ich war nicht sehr traurig. Sie hatten mich bei meiner Oma abgegeben und waren zu einem Abendessen gefahren, zu dem man sie eingeladen hatte. Ich blieb einfach da, wo sie mich abgegeben hatten.

---

1 Zigarettenmarke.

Manchmal denke ich: Was für ein langes Abendessen. Als ob sie zurückkommen und von einem drei Jahre währenden Abendessen erzählen würden. Sie wären von all dem Essen mittlerweile einhundertfünfzig Kilo schwer geworden, weiß Gott. Mir etwas vorzumachen ist mein liebstes Spiel. Dabei habe ich die Schrottkarosserie unseres Autos gesehen. Unter dem Lastwagen hat es sich in ein Akkordeon verwandelt. Der Schrotthändler gab uns zweitausend Lira. Meine Oma sagte, das Geld dürften wir nicht ausgeben. Es gibt eine Frau, die halb taub und zehn Jahre jünger ist als meine Oma. Im Ramadan gibt sie ihr immer Almosen. Auch den Erlös vom Auto gab sie dieser Tante.

Seither ist immens viel Zeit vergangen, und ich bin ziemlich erwachsen geworden. Hab ich die beiden je vermisst? Mehr so nachts. Es ist eine mit Wut verputzte Sehnsucht. Manchmal weiß ich nicht, ob meine Augen tränen, weil ich wütend auf sie bin oder weil ich sie geliebt habe oder weil ich sie vermisse oder weil ich gerade etwas Nostalgie brauche. Es ist wahrscheinlich die Gewohnheit, sage ich mir und schlafe ein. Aus dieser Sackgasse hätte mich Yasemin befreien können, aber sie brauchte ein wenig Zeit, um sich das mit uns noch mal zu überlegen. Das war vor sieben Jahren. Manchmal denke ich, sie überlegt aber jetzt schon ganz schön lange. Meistens wenn es Abend wird. Dabei weiß ich nicht mehr als den Namen der Stadt, in die sie gezogen sind. Wie gesagt, was wäre schon das Leben, wenn man sich nicht selbst etwas vormachen könnte. Wer ist schon mit den nackten Tatsachen zufrieden? Wenn man kein Derwisch oder ausgemachter Idiot ist, kann man die Dinge nicht akzeptieren, wie sie sind. Ohne bestimmte Ereignisse zu verkleinern oder aufzublasen, kann man gar nicht leben.

Die wichtigste Eigenschaft meiner Großmutter ist, dass sie nicht stirbt. Immerzu übersteht sie unzählige Krankheiten, und da sie alles Mögliche schon durch hat, ist es wohl so, dass sie sich auf die Kunst zu überleben besonders gut versteht. Neben dem Schrank stehen rund dreißig Medikamente, und ich weiß nicht, welches sie wogegen einnimmt. Ich achte nur darauf, dass sie nicht welche doppelt einnimmt und andere vergisst. Eines Tages dachte ich, diese ganzen Mittel können doch außer für einen Placebo-Effekt für gar nichts gut sein. Anstelle der Medikamente gab ich ihr Bonbons in verschiedenen Farben. Ich hatte unrecht. Sie wurde wirklich krank und hielt mich für meinen seligen Großvater Rüstem Bey. Ich schaute mir sein Foto an der Wand an und dann mich im Spiegel. Es war eine Fotografie, vor der ich mich im Stillen fürchtete und die anzuschauen ich vermied. Es mag mein Großvater gewesen sein, aber letztlich war es die Schwarz-Weiß-Fotografie eines Mannes, der vor fünfundzwanzig Jahren gestorben war. Wenn meine Großmutter mich mit dem Mann auf dem Foto verwechselte, musste sie wirklich krank geworden sein. Ich fasste ihre Hand an. Sie war eiskalt. Ich warf sämtliche Decken, die wir im Haus hatten, über sie, ich drehte die Heizungen, die ich gerade erst hatte installieren lassen, voll auf, und die elektrische Heizröhre, mit der sie sich ihre Füße aufwärmt, hielt ich ihr vors Gesicht. So wurde sie wieder warm und kehrte ins Leben zurück. Ich probierte nie wieder etwas mit ihren Medikamenten aus. Meine Oma ist nämlich der einzige Mensch auf der Welt, der mich verstehen kann. Sie ist zärtlicher zu mir als das weichste Kissen, auf das ich meinen Kopf legen kann, und sie hat kein einziges schwarzes Haar mehr auf dem Kopf.

All meine Hausaufgaben machen wir zusammen. Wenn ich etwas aufbekomme, empfindet meine Oma eine Verantwortung, als seien es ihre eigenen Hausaufgaben. Letztes Jahr sind wir in Mathe durchgefallen. Die Funktionsgleichungen waren uns zu schwer, wir kamen einfach nicht damit zurecht. Zum Elternabend gingen wir zusammen. Wir gehen nämlich überall zusammen hin. Meine Oma drängte die arme Frau, die gerade erst ihr Examen hinter sich hatte und uns jetzt Mathe beibringen sollte, in eine Ecke und fragte: »Du bist also die Mathematiklehrerin?«

»Ja, gnädige Frau.«

»Was bist du nur für eine Lehrerin, du läufige Hundsfott! Wie kann man nur so schwere Hausaufgaben geben, meine Güte.«

Die gute Seite am Altsein ist eben, dass du alles sagen kannst, was dir in den Sinn kommt, und die Leute lachen nur. Die Kindheit ist in dieser Hinsicht eine schwere Zeit. Kaum möchtest du einmal ein Schimpfwort sagen, schauen dich schon alle grimmig an. Meine Oma ist eigentlich ein Feind der Gesellschaft. Ich bin die Sicherheitszone zwischen der Gesellschaft und meiner Oma. Im Kaufhaus, auf dem Wochenmarkt, überall. So zärtlich sie mit mir auch ist, so unerbittlich ist sie gegenüber anderen. Eigentlich find ich das ziemlich schön. Wenn sie ein gutherziger Mensch wäre, würde ich wahrscheinlich denken, dass sie mich nur deshalb liebt, und ich für sie nicht anders wäre als alle anderen Menschen. Meine Oma hat die Fähigkeit, ihre ganze Liebe auf einen einzigen Menschen zu konzentrieren. Statt ihre Liebe oberflächlich hier und da zu verteilen, kann sie sie in einem Punkt sammeln. Ihre Liebeskapazität ist genau so hoch wie bei anderen Menschen, nur ist es für den Menschen, der geliebt wird, intensiver und wirkungsvoller. Ich finde, man muss das respektieren.

Außerdem ist meine Großmutter der einzige Mensch, für den meine Gedanken wirklich zählen. Sogar bei den Wahlen hat sie sich von mir beraten lassen. Wir hatten unsere Wahlzettel in Empfang genommen und waren in die Wahlkabine gegangen. Ich nahm den Stempel in die Hand und fragte: »Wem gibst du deine Stimme, Oma?«

»Was weiß ich. Wen sollen wir wählen?«

Ich dachte nach. Ich fühlte den Druck der Verantwortung. »Lass uns ungültige Zettel abgeben«, sagte ich.

»Nachdem wir den ganzen Weg hierher gelaufen sind?«

Ich war mir nicht sicher, ob ich die Saadet-Partei wählen sollte oder die TKP. Im Allgemeinen bin ich ein konservativer

Mensch, aber den Kommunismus fand ich immer schon aufregend.

»Oma, bist du eine Linke?«, fragte ich

Im Endeffekt war es ja ihre Stimme, ich wollte ihr lediglich helfen.

»Ich bin gar nichts.«

»Du bist also leicht verführbar.«

»Ja.«

»Möchtest du auf deine alten Tage erleben, wie aufregend der Kommunismus sein kann?«

»Wieso nicht?«

»Sollen wir dann die Kommunistische Partei der Türkei wählen? Die gibt es auch schon vierundachtzig Jahre. Sie sind so alt wie du. Das steht in ihrer Wahlbroschüre.«

»Gut, machen wir das.«

Ich drückte den Stempel unter das Zahnrad und den Hammer. Meine Tante war ganz schön sauer, dass wir die Kommunisten gewählt hatten. Doch meine Oma sagte nur: »Wir wählen, wen wir wollen.« Meine Tante wollte nur, dass meine Oma die Republikaner wählt. Ich würde niemals eine Partei der Mitte wählen oder jemanden anstiften, sie zu wählen. Ich bin ein emotionaler und romantischer Mensch, seit meinem fünften Lebensjahr schreibe ich Gedichte, und ich bin nicht nur konservativ, sondern auch radikal: ich drücke gern meine Persönlichkeit aus, egal wo ich bin. Wer mich einmal gesehen hat, vergisst mich nicht so leicht, ich mache mir nämlich Spikes mit Hard Gel. Und wenn ich die Möglichkeit hätte, würde ich eine terroristische Organisation wählen, ich finde, dass dieser Staat zugrunde gehen muss. Als meine Mutter und mein Vater starben, hat der Staat nämlich gar nichts gemacht, und als Yasemin ein wenig Zeit brauchte, um sich das mit uns noch mal zu überlegen, hab ich keinen Staatsmann gesehen, der sich eingeschaltet und bemüht hätte, alles wieder in Ordnung zu bringen. Das sind alles leere Versprechungen, die Wunden sind nicht geheilt.

Meine Oma bekommt eine Pension aus der staatlichen Rentenversicherung. Das ist ungefähr so viel wie eine Trillerpfeife. An dem Tag, an dem es ihr überwiesen wird, gehen wir zusammen Pizza essen. Danach gehen wir zu verschiedenen staatlichen Institutionen, um Strom-, Wasser-, Telefon- und Gasrechnung zu bezahlen, und wenn wir fertig sind, bleibt uns manchmal noch genug Geld, um auf dem Rückweg ein Eis zu kaufen, manchmal auch nicht. Gott sei Dank gibt es noch drei Mietwohnungen, die mein seliger Großvater Rüstem Bey uns vererbt hat, und von deren Mieteinnahmen können wir leben. Mein Großvater Rüstem hat nämlich seinerzeit ein Grundstück gekauft und darauf zwei Einfamilienhäuser nebeneinander gebaut, eines für sich und seine Frau und eines für ihre Kinder. Als ich noch sehr klein war, haben meine Eltern ihr Haus einem Bauunternehmer abgegeben, der es abgerissen und ein Mehrfamilienhaus an seine Stelle gebaut hat. Im Gegenzug haben sie ein Stockwerk des neuen Hauses bekommen. Meine Großmutter hat nicht zugelassen, dass ihr Haus abgerissen wird. Aber sie wurde Eigentümerin von drei Mietwohnungen im Hochhaus nebenan. Wir bekommen pro Wohnung 600 Lira, also insgesamt 1.800 Lira Einkünfte. Am Sechzehnten jeden Monats gehen wir los, um die Mieten einzusammeln. Meine Oma gibt den Großteil des Geldes mir. Ich kann gar nicht so viel ausgeben. Einmal habe ich einen Monat gespart und mir dann einen Laptop gekauft. Am nächsten Tag hab ich ADSL anschließen lassen und zwei Handys mit Kamera gekauft. Vier Megapixel. Wir haben uns andauernd gegenseitig fotografiert. Außerdem haben wir aus verschiedenen Zimmern miteinander telefoniert, als wären wir ganz weit voneinander entfernt. Das wurde zu einem meiner Lieblingsspiele. Wir haben nämlich ganz schön viele Freiminuten. Meistens tu ich so, als würde ich sie aus Kuşadası anrufen. Meine Oma freut sich riesig und sagt: »Mach dir einen schönen Urlaub. Schau dir alles gut an. Aber nicht, dass du dir eine Erkältung holst. Abends ist es nämlich ganz schön kühl am Meer.

Zieh deine Strickjacke über. Und schwimm nicht so weit raus.« Dann sage ich: »Mach ich, Oma, mach ich. Du, aber ich muss jetzt auflegen«, wie ein echter Tourist, der unter dem Stress steht, jede Ecke seines Urlaubsortes zu erkunden. Dann ruft sie noch schnell in den Hörer: »Trink nicht, wenn du Kaugummi im Mund hast!« Ich wär nämlich deswegen einmal fast erstickt. Wir legen dann auf, und nachdem ich im hinteren Zimmer eine angemessene Zeit gewartet habe, renne ich mit zwei Koffern in der Hand ins Wohnzimmer und rufe: »Omi, ich bin wieder da!« Dann heißt sie mich, ihr gegenüber zu sitzen, und sagt: »Na dann erzähl mal, wie war dein Urlaub?« Ich erzähle dann voller Aufregung wie jemand, der gerade von einer Reise zurückgekehrt ist, alles bis ins kleinste Detail noch mal von vorne. Beim Erzählen komme ich so in Fahrt, dass ich manchmal denke, wenn ich wirklich mal in Urlaub fahren sollte, würde ich das hinterher bestimmt nicht so schön erzählen können.

Ich wollte eigentlich einen Teil unserer Mieteinnahmen auf ein Konto überweisen und Daueraufträge für unsere monatlichen Rechnungen einrichten. »Ich vertrau den Halunken nicht«, sagte sie. Das war aber nicht ihr eigentlicher Grund. Sie kommt einmal im Monat raus und steht in der Schlange, da kann sie sich mit allen Leuten anlegen. Das ist für sie ein Spektakel, das sie sich nicht entgehen lassen kann. Außerdem bekommt jeder ein schlechtes Gewissen, der uns sieht, wie sie sich an meinem Arm festhält und ganz gebückt wartet. Überall, wo wir anstehen, fangen die Leute an, über den schlechten Service dieser Institution zu maulen.

So war es bis letzten Monat. Alles war in Ordnung. Am Jahrestag des Unfalls bin ich durchgedreht. Sie haben meine Mutter und meinen Vater nämlich in einem einzigen Grab beerdigt. So wie im Leben sind sie auch im Tod vereint. Zwei Typen, die sich verschworen haben, mich auszuschließen. Das hat sich auch nach ihrem Tod nicht geändert. Mir ging es so schlecht, dass ich zum Laden gegangen bin und Gin Tonic kaufen wollte. Er gab mir nur Gin und meinte, Tonic wäre ein eigenes Getränk und er hätte es nicht. Ich setzte mich in den Park und trank ein bisschen.

Sofort musste ich an Yasemin denken. Ich begann mir Vorwürfe zu machen, dass ich Yasemin aufgegeben hab. Eigentlich hat sie ja nur gesagt, sie wolle sich das noch mal überlegen, eine klare Antwort hat sie nie gegeben. Ich hatte damals sogar einen genialen Plan entwickelt, um ihre offizielle Antwort zu erfahren. Ich wollte in die Stadt fahren, in die ihr Vater versetzt worden war, und mich auf die belebteste Straße setzen. Auf dieser Straße, wo jeder Mensch, der in der Stadt wohnte, eines Tages einfach vorbeikommen musste, wollte ich mir die Menschen anschauen, die vorbeigingen. So würde ich sie, wenn ich lang genug wartete, ganz bestimmt sehen. Dann wollte ich so tun, als hätte ich sie zufällig gesehen, und sie nach ihrer Antwort fragen. Ich hab es aber nie gemacht. Warum? Weil, je größer ich geworden bin, desto kleiner wurden meine Wünsche, desto kleiner wurde meine Fähigkeit zu staunen, desto kleiner wurden meine Erwartungen. Seit ich groß geworden bin, bin ich so klein geworden, dass es in mir nichts mehr gibt, das überschäumt. Wenn man fürs Großwerden einen Preis bezahlen muss, dann ist es dieser: Ich bin einen halben Meter länger geworden und zwanzig Kilo schwerer und hab die Welt aufgegeben. Was der Dichter hier mit Welt meint, ist Yasemin.

Mein Handy klingelte. Meine Oma rief mich an. Weil es schon dunkel war, machte sie sich Sorgen, wo ich blieb.

»Warum hab ich nicht bei dir gewohnt?«, fragte ich. »Wenn du mich so geliebt hast, warum musste ich dann immer in die Kita, als meine Eltern noch lebten und arbeiten gegangen sind?«

»Ich wollte dich ja nehmen, sie wollten es nicht.«

»Warum?«

»Was weiß ich. Ich hab es ihnen so oft gesagt, mein Junge, aber sie meinten, dass Vorschulerziehung oder wie der Mist heißt ganz wichtig ist.«

»Hast du dich gefreut, als du mich endlich haben konntest?«

»Was?«

»Als sie gestorben sind, hast du mich gekriegt. Seitdem hast du was zu tun. Wenn ich nicht da wäre, hätte meine Tante dir eine Pflegerin bezahlt.«

Meine Oma sagte nichts. Wir schwiegen fünf Sekunden.

»Komm nach Hause, mein Junge. Ich bin so traurig.«

Ich trank die halbe Flasche Gin aus, kotzte auf den Boden und dachte, ich hatte meiner Oma unrecht getan. Wir hatten so oft Schneemänner im Garten gebaut. Einmal zum Zuckerfest sind wir sogar nach Çeşme in Urlaub gefahren. In Kuşadası gab es nämlich keine Zimmer mehr. Ich hatte die ganze Buchung übers Internet gemacht. Als wir da waren, haben wir sogar eine Schiffstour gemacht und meine Oma hat ins Meer gekotzt. Sie wäre wieder fast gestorben. Für wen? Für mich natürlich. Außerdem ist sie eine Frau, die der ganzen Welt ihren Stinkefinger zeigt. Einmal hat sie sogar einem Markthändler eine faule Tomate ins Gesicht geworfen. Eine Frau, die in unserer heutigen Zeit einem Markthändler, der bestimmt ein Psychopath ist und auf jeden Fall ein Messer hat, Tomaten ins Gesicht wirft, hätte sich zur Zeit des alten Rom doch ganz bestimmt der Armee des Spartacus angeschlossen. Jeder Mensch, der den Spartacus-Film mit Kirk Douglas gesehen hat und in seinem Leben schon mal auf einem türkischen Markt war, wird mir sicher recht geben.

Ich rief meine Oma an, damit sie sich keine Sorgen mehr machte. Sie ging nicht ans Telefon. Ich rief sie auf dem Festnetz an, sie ging wieder nicht ran. Ich ging nach Hause. Sie hatte sich in ihrem Sessel eingeigelt und rührte sich nicht. Sie war wieder eiskalt.

»Soll ich meine Tante anrufen?«

»Lieber nicht«, sagte sie.

Meinetwegen, ich reiß mich nicht darum, meine Tante anzurufen.

»Dann geh ich mal einen Arzt für dich holen, wie sie das in den Filmen immer machen«, sagte ich. »Du darfst aber nicht sterben, bis der Doktor da ist. Bloß nicht sterben.«

»Ist gut.«

Ich deckte sie mit drei Wolldecken zu. Ich stellte die elektrische Heizröhre vor ihre Füße. Aber das Leben funktioniert nicht so wie im Film. Die Arztpraxen hatten alle schon zu, die Ärzte aus den Privatkliniken kommen nicht, und die in den öffentlichen Krankenhäusern wollen, dass man die Patienten bringt. Dabei war ich bereit, ihnen zu zahlen, was sie verlangten. In bar und Vorkasse. Ich bin zwar ein Waisenkind, aber ich hab viel Geld. Die Ärzte sind alle ziemlich eingebildet.

Ich lief nach Hause. Sie war eingeschlafen. Ich saß die ganze Nacht neben ihr. Ich hielt einen Spiegel vor ihren Mund, um zu testen, ob er noch beschlug. Am nächsten Morgen rief meine Tante an. Sie ruft jeden Morgen an. Sie kamen sofort. Mein Onkel nahm sich sogar frei. Wir fuhren mit dem Auto ins Krankenhaus. Sie legten meine Oma auf eine Liege hinter einem Vorhang und hängten sie an den Tropf. Dann bekam sie noch eine Spritze. Dann sagten sie, sie würden sie dabehalten.

»Was? Dabehalten? Ich dachte, in den öffentlichen Krankenhäusern gibt es nicht genug Betten. Aber für uns ist ausgerechnet eins da? Geben Sie ihr Medizin, dann kann sie zu Hause liegen.«

Weil meine Tante mich in den Arm kniff, konnte ich mich mit dem Arzt nicht weiter streiten. Es wurde Nacht. Es durfte nur eine Begleitperson bei ihr bleiben.

Meine Tante sagte: »Ich bleib bei ihr, fahr du mit deinem Onkel nach Hause.«

»Was? Ich soll jetzt bei euch schlafen?«

Ich schrie so laut, dass die anderen Patienten im Zimmer aufwachten. Meine Tante brachte mich nach draußen und übergab mich meinem Onkel. Ich hasse meine Tante und ihre Kinder. Meine gleichaltrige Cousine hat mich bisher jedes Mal, wenn ich mit ihr allein war, heftig verkloppt. Das Schlimmste daran ist natürlich, von einem Mädchen verkloppt zu werden. Einmal hat sie mich richtig genervt, und ich hab es ihr heimgezahlt, indem ich eine Vase auf ihrem Kopf zerbrach. Sofort kam ihr Bruder, mein älterer Cousin, ein vierzehnjähriger Schrank, und diesmal verprügelte er mich. Einmal hat mir sogar meine Tante eine runtergehauen. Dabei hatte ich nur gefragt: »Was ist eine Hundsfott? Bist du eine Hundsfott?« Insgesamt schlägt die ganze Familie auf mich ein. Nur mein angeheirateter Onkel hat mich noch nicht geschlagen, aber der wird sich mit der Zeit sicher auch an die Familienkultur anpassen. Ich denke, er hat mich noch nicht geschlagen, weil er nicht richtig zur Familie gehört, er ist sowieso eher ein stiller Typ, deshalb traut er sich bestimmt nicht. Meine Tante hat nämlich in dem Haus neben unserem ganz viele Mietswohnungen, die sie von meinem Opa geerbt hat. Mein Onkel hat keine einzige Mietswohnung, deshalb traut er sich bestimmt nicht. Dabei hat meine Oma meinen Onkel auf ihre eigene Art durchaus lieb. Wenn meine Oma einem Menschen begegnet und nicht sofort anfängt, dessen Mutter zu verfluchen, dann heißt das, sie mag ihn. Sie muss da nicht noch extra etwas sagen.

Mein Onkel nahm mich beim Arm und lächelte: »Los, lass uns gehen«, sagte er. »Bei uns kannst du am Computer spielen, und ich bestelle dir eine Pizza.« Ich ging noch einmal ins Krankenzimmer, um meine Oma ein letztes Mal anzuschauen. Das Serum tropfte langsam in ihren von blauen Adern durchsetzten Arm. Ich wollte an eine Klippe gehen, wo es ganz viel Echo gibt, und laut »Fuck you!« schreien. Das ist ein Ausdruck, den man benutzen kann, wenn es einem nicht gut geht. Im amerikanischen Englisch bedeutet das so viel wie: »Fahr zur Hölle.« Mein Onkel und ich verließen das Krankenhaus. Bei ihnen angekommen, trat ich bei der ersten Gelegenheit, als niemand guckte, meiner Cousine mit der Fußsohle in den Magen. Sie krümmte sich, als hätte sie einen Bauchschuss erlitten. Ich riss sie hoch und gab ihr so lange Backpfeifen, bis sie ganz beduselt war.

Dann zog ich sie an den Haaren und knallte sie gegen die Wand. Angriff ist nämlich die beste Verteidigung. Außerdem gibt es ein türkisches Sprichwort, das heißt: Hab kein Mitleid mit dem Waisenkind, sonst fickt es dich in den Hintern. Ha ha ha! Verpiss dich! Heulend ging sie sich bei meinem Onkel beschweren. Er kam und blickte uns beide mit einer neutralen Härte an. »Jetzt setzt euch mal ordentlich hin, ohne euch zu zanken«, sagte er. »Ja, gut, Onkel«, sagte ich und setzte mich ganz still hin. Meine Cousine war so sauer, dass sie den ganzen Abend an ihren Fingernägeln kaute.

Am nächsten Tag ließ mein Onkel mich allein zu Hause. Er hatte zu tun und wollte nachmittags ins Krankenhaus fahren. Vorher würde er mich abholen. Sobald er die Tür hinter sich zugezogen hatte, begann meine Cousine mit Kickbox-Tritten in meine Flanke. Ihr Bruder gesellte sich sofort dazu. Die beiden Geschwister probierten als Vergeltung für den Vorabend sämtliche Kampfsporttechniken an mir aus, die sie kannten. Während ich weinte, klingelte das Telefon. Ich lief zum Apparat, weil ich dachte, es gäbe Neuigkeiten von meiner Großmutter. Aber meine Cousine war schneller als ich und nahm den Hörer. Der Schrank verdrehte mir den Arm auf den Rücken, so dass ich nicht an sie herankam. Meine Cousine sagte: »Ja, Mama«, und verzog das Gesicht, »echt?« Dann legte sie auf.

»Was ist los?«

»Unsere Oma ist tot. Herzliches Beileid.«

»Oh my god!«

Ich griff meinen Rucksack und verließ das Haus. Ich stieg in einen Minibus und stieg aus dem Minibus aus und in einen Fernreisebus ein, dann fuhr der Fernreisebus auf eine Autofähre, fuhr wieder von der Autofähre runter und über eine lange Brücke, dann kam er an einem Busbahnhof an. Ich stieg aus und schaute mich um. Nichts kam mir bekannt vor. Ich ging zu einem Kiosk und fragte: »Wo ist denn die belebteste Straße in dieser Stadt?« Der Kioskbesitzer lachte.

»Warum lachst du?«

»Komm, zieh Leine, Junge.«

Ich fragte mich, ob ich den Taxifahrer vorn an der Ecke ansprechen sollte. Aber Taxifahrer fahren immer Umwege, und auf dem Weg zur belebtesten Straße würde er mich erst einmal an ganz entfernte Orte bringen und dann irgendwo rauslassen. Taxifahrer denken nur an ihre Umsätze. Ob ich wohl einen Polizisten fragen sollte? Aber nein, ich rede nicht mit Staatsbeamten, das geht nicht. Am besten wäre es, jemanden von meinem Handy aus anzurufen. Aber ich kann niemanden anrufen, den ich kenne. Sonst kommt noch raus, dass ich abgehauen bin. Ich wählte irgendeine Nummer. Eine junge Frau ging dran.

»Entschuldigung, sind Sie Staatsbeamtin?«

»Bist du ein Perverser?«

»Nein. Sind Sie Beamtin?«

»Bin ich nicht.«

»Sehr gut. Ich bin kein Perverser, und Sie sind keine Beamtin. Können Sie mir dann vielleicht sagen, welches die belebteste Straße in dieser Stadt ist? Die Straße, an der jeder Mensch eines Tages vorbeikommen muss?«

»Keine Ahnung. Ich würd mal sagen, die Istiklal Caddesi. Wer bist du eigentlich?«

»Ich bin einer, der niemanden auf der Welt mehr hat außer dem Menschen, der ans Telefon geht, wenn er zufällig eine Nummer wählt. Vielleicht bin ich auch dein Unterbewusstsein.«

»Wie alt bist du?«

»Sprechen wir nicht von mir. Es geht hier nicht um mich. Es ist noch nie um mich gegangen. Wichtig ist, wer du bist. Woran hast du Spaß, was sind deine Leidenschaften? Was enttäuscht dich? Wen rufst du an, wenn das Leben dir zu viel wird? Gibt es einen Menschen, der dich bedingungslos liebt, egal was du für einen Scheiß baust? Jemanden, der dich immer an seine Brust drücken wird? Wenn es einen solchen Menschen gibt, ruf ihn oder sie heute Abend an, einfach so. Frag, wie es ihm geht. Ansonsten kann es dir passieren, dass du eines Tages einsam und verlassen dastehst wie ich und niemanden hast, um auch nur eine simple Auskunft einzuholen. Diese Worte sind gleichsam das Manifest meiner verschwendeten Jugend. Ich spreche aus großer Erfahrung. Erfahrung ist Quälerei, meine Schöne, und ich bin viel mehr gequält worden, als du es dir vorstellen kannst. Wenn du willst, können wir später noch einmal telefonieren, ich hab nämlich noch 64 Freiminuten.«

Ich warf mich in ein Taxi. Der Fahrer glotzte mich durch den Innenspiegel blöd an.

»Hast du Geld?«

»Klar.«

Ich gab ihm einen Fünfziger.

»Reicht das bis zur Istiklal Caddesi?«

Es war ein aufrichtiger Mann, er gab mir sogar noch Geld zurück. An der Istiklal angekommen, lief ich auf und ab und suchte nach einem zentralen Ort, von wo aus ich alle Menschen sehen konnte, die vorbeikamen. Aber es waren so viele Menschen. Wenn ich Innenminister wäre, würde ich nicht erlauben, dass auf einer Straße mehr als tausend Menschen spazieren gehen. Ich stellte mich an eine Ecke und schaute die Gesichter der Menschen an. Würde ich sie nach so vielen Jahren wiedererkennen? Ich schloss meine Augen und sah Yasemin vor mir. Das ist Liebe. Wenn du deine Augen schließt, ist sie da, und wenn du sie nach einer Million Jahren unter einer Million Menschen wiedersiehst, sagst du einfach: Das ist sie.

Als ich in der Kita war, hatten wir alle eine Tasse mit unserem Namen darauf. Gegen Abend, bevor unsere Eltern uns abholen kamen, tranken wir daraus einen Pasha-Tee mit der doppelten Menge kalten Wassers, und voller Vergnügen tunkten wir unsere Butterkekse darein. Es schmeckte eigentlich scheiße, aber wir fanden es toll. Wahrscheinlich fanden wir es toll, weil es das Zeichen war, dass der Tag vorbei war und wir bald aus dieser Foltertagesstätte befreit würden. Als Yasemins Butterkeks ihr in den

Tee fiel, weinte sie. Lehrerkinder sind immer ein bisschen abgehoben, sie schauen nicht hin, was sie machen. Wie ein Kavalier stand ich auf und ging zu ihr hin. Mit meinem Löffel fischte ich ihr den toten Keks aus dem Tee. Und sie drehte sich am Abend, als ihre Mutter sie abholte, noch einmal zu mir um und winkte mir. Meine Eltern waren noch nicht gekommen, um mich zu holen. Auch bevor sie gestorben sind, haben sie mich schon gerne warten lassen. Am nächsten Tag machte ich Yasemin einen Heiratsantrag. Ich fand, wir hatten genug miteinander geschäkert, und ich wollte nicht, dass die Ernsthaftigkeit unserer Beziehung verloren ging. Ich wusste damals schon sehr genau, dass jedes Mädchen davon träumt, zu heiraten, egal in welchem Alter. Ja und da sagte Yasemin zu mir, dass sie etwas Zeit brauche, um sich das mit uns noch mal zu überlegen. Vielleicht hat sie sich in dem Moment auch anders ausgedrückt, aber das hab ich vergessen. Schließlich ist jede Frau, die du liebst, wie ein schönes Lied. Du kannst dir nicht den ganzen Text merken, aber die Melodie bleibt dir in Erinnerung.

Zwei Monate später zogen sie um. Ich weinte sehr. Je mehr ich weinte, desto mehr lachten die anderen. Meine Mutter, mein Vater, meine Freunde, meine Erzieherinnen. Erst fragen sie dich, warum du weinst, und wenn du ihnen den Grund verrätst, lachen sie. Ihr gottverdammten Menschen! Nur meine Oma hat nicht über meine romantische Geschichte gelacht, sondern mit mir zusammen geweint. Meine Oma ist nämlich genau so ein emotionaler und romantischer Mensch wie ich. Mit fünfunddreißig Jahren hatte sie ihren Mann verlassen und war mit Rüstem Bey durchgebrannt. Das sollte Konsequenzen für sie haben. Die entrüsteten Verwandten zogen Messer und schossen Pistolen ab. Am Ende haben sich wohl der Gouverneur und der Divisionskommandant eingeschaltet, weil mein Großvater Rüstem ein wichtiger Typ war, stellvertretender Landrat oder Schatzmeister oder so. Mit ungefähr vierzig Jahren hat meine Oma dann nacheinander meine Mutter und meine Tante gekriegt. Von ihrem ersten Mann hatte sie keine Kinder. Sie erzählte, sie habe keine Kinder von einem Mann haben wollen, den sie nicht liebte. Das zeugt auch wieder von ihrem starken Charakter. Weil meine Mutter bis zu ihrem fünfunddreißigsten Lebensjahr gewartet hat, um mich zu kriegen, ist meine Oma inzwischen vierundachtzig Jahre alt. Wie schade. Ich hätte sie gerne kennengelernt, als sie noch fünfzig war. Und als mein Großvater Rüstem noch lebte.

Gegen Morgen kamen zwei Streifenpolizisten. Sie trugen rote Kleidung. Sie gehörten zu den Motorradpolizisten, die man Delphine nennt. »Sorry, Sir, I am so sorry, Sir, I don't understand«, sagte ich und versuchte, mich als Tourist durchzumogeln, aber sie glaubten mir nicht.

»Was machst du hier?«

»Nothing, Sir …«

»Sprich ordentlich, Junge.«

»Nichts … Ich mache gar nichts, Herr Beamter.«

»Wo sind deine Eltern?«

»Tot.«

»Hast du sonst niemanden?«

»Nein.«

»Wo wohnst du?«

»Nirgendwo.«

»Was machst du auf der Straße?«

»Nichts.«

»Ich stopf dir dein Nichts gleich in den Arsch. Was machst du hier?«

»Ich warte auf Yasemin.«

»Wer ist Yasemin?«

»Meine Verlobte.«

Sie packten mich an den Armen und brachten mich zu ihren Motorrädern. Sie funkten jemanden an. Dann kam eine Frau mit einem freundlichen Gesicht. Wir stiegen in ein Auto, auf das Bilder von Enten gemalt waren. Ich dachte zuerst, ich wäre gerettet, aber es war die Kinderpolizei. Ich suchte mir eine Coladose aus und einen Brownie. Ich wollte zahlen, aber sie nahmen kein Geld.

»Wie heißt Yasemin mit Nachnamen?«

»Weiß ich nicht.«

»Aber man weiß doch den Nachnamen von seiner Verlobten.«

»Mit fünf Jahren interessiert man sich noch nicht für solche Details.«

Sie nahmen mich ins Kreuzverhör. Ich gestand alles.

»Na gut, wir sind nicht verlobt. Sie wollte einfach etwas Zeit, um sich das mit uns noch mal zu überlegen, okay? Das hat sie wahrscheinlich nur gesagt, weil sie das in einem Film aufgeschnappt hat. Sind Sie jetzt zufrieden?«

Die Polizisten um mich herum schauten einander verblüfft an. »Außerdem bin ich Kommunist«, sagte ich.

Sie hatten mein Handy konfisziert. Sie hatten meine Tante angerufen. Gegen Mittag kamen sie an, ich tat so, als kenne ich sie nicht. Aber auch das nahmen sie mir nicht ab. Das Handy ist eine schreckliche Erfindung, es ist ein Hundehalsband, das uns die Gesellschaft aufzwängt. Hätte ich es bloß nicht mitgenommen. Dann hätte ich kein Telefon und keinen Ausweis gehabt, und vielleicht hätten sie mich in ein Waisenheim gesteckt, um mir etwas Gutes zu tun. Auf der Rückfahrt fragte meine Tante: »Warum bist du denn weggelaufen, was haben wir dir bloß getan?«

»Seit meine Oma tot ist, will ich da nicht mehr leben.«

»Aber sie ist doch gar nicht tot.«

Ich starrte meine Cousine an.

»Warum hast du mich angelogen?«

»Ich hab nicht gelogen.«

»Du lügst schon wieder. Du bist also eine Hundsfott. Eine läufige Hundsfott!«

Ich schlug sie in den Nacken. Ihre beiden Zöpfe flogen nach vorne und wieder zurück. Da schrie ich ihr den besten Fluch ins

Trommelfell, den meine Oma parat hatte, wenn sie in der Schlange anstand, um eine Rechnung zu bezahlen, und jemand ihr auf den Fuß trat. »Dich hat wohl eine Fotze ausgeschissen! Wegen dir ist meine Welt zusammengebrochen!«

Meine Tante wollte etwas sagen, aber mein Onkel fuhr wütend mit der Hand durch die Luft und sie schwieg. »Ich hab von euch allen die Schnauze voll!«, sagte er. Das kam aus so tiefem Herzen, dass das Auto von einem bleiernen Schweigen erfüllt war. Die Luft war so geladen, dass es sicher eine Explosion gegeben hätte, wenn man ein Streichholz angezündet hätte. Ich weiß nicht, von wem der erste Funke ausging, aber mit einem Male begannen sie alle aufeinander einzuschreien. Meine Tante schrie ihre Tochter an, sie mich, mein Onkel meinen großen Cousin, meine Tante meinen Onkel … Fast wären wir unter einen LKW geraten, der uns entgegenkam. Mein Onkel fuhr rechts ran. Er sagte, er würde das Auto die nächstbeste Böschung herunterfahren, falls noch einmal jemand den Mund aufmachen sollte. Alle schwiegen. Ich wollte sowieso nichts sagen. Ich war so verletzt, dass ich mich nicht einmal mehr streiten wollte. Gut, ich hab auch schon viel gelogen, aber ich hab noch zu niemandem gesagt: Deine Oma ist tot. Das ist viel zu hundsföttisch. Ich freute mich im Inneren, dass meine Oma nicht gestorben war, aber in der Stimmung wollte ich meine Freude ganz bestimmt nicht ausdrücken. Ich zählte die Strommasten auf dem Weg. Es waren 1.494 Stück.

Wir erreichten das Krankenhaus. Ich nahm meine Oma in den Arm und küsste sie auf die Wangen, ich sog ihren Geruch in mich ein. »Oma, du wirst doch nicht sterben, oder?«, fragte ich. »Wenn du stirbst, bin ich ganz allein auf der Welt. Du weißt doch, Alleinsein ist ganz furchtbar. Bitte stirb nicht! Wir sind zusammen wunderbar. Du wirst nicht sterben, nicht wahr?«

Meine Oma drückte mit ihren kalten Fingern meine Hand und schaute mich voller Liebe an. »Ach, Rüstem Bey«, sagte sie. »Ich würde doch nicht ohne dich sterben.«

Nicht wie du denkst

Ich stand vor der Bar und wartete, bis jemand durch die Tür kam. Als ein Pärchen Hand in Hand nach draußen trat, hielt ich den Türflügel fest und drängte mich hinein. Ich durchquerte den Raum, ohne den Barmann anzuschauen. Ich hasse Barmänner. Die meisten von ihnen sind Dreckskerle. Sie halten ihre Arbeit, Drinks zu mischen, für die wichtigste Sache auf der Welt. Sie sind so überzeugt von ihrer Selbsttäuschung, dass sie sich aufführen wie sonst wer. Ich kann den meisten von ihnen nicht einmal ins Gesicht schauen.

In einer schlecht beleuchteten Ecke der Bar sah ich Nilüfer. Es ist ein schönes Gefühl, in einer bleiernen Nacht wie dieser einem jungen Mädchen zu begegnen, das man kennt. Als sie mich sah, stand sie auf. Ich legte zwei Finger auf ihre schlanke Taille und küsste sie auf die Wangen. Ich setzte mich zu ihr. Für einen Augenblick leuchteten ihre Augen auf. Vielleicht wurde ihr auch schwindelig oder so. Denn als ich beim Wangenkuss ihren Duft in mich einsog, wurde mir selbst ein bisschen schwindelig. Für einen Mann, der so viel erlebt hat wie ich, fängt Verliebtsein in dem Moment an, wo ein junges Mädchen kurz davor steht, die Kontrolle zu verlieren.

»Hast du Serhat gesehen?«, fragte sie.

Ich wusste, dass sie das nur fragte, weil sie kurz davor stand, die Kontrolle zu verlieren. »Vergiss doch den Penner«, sagte ich. Sie lachte.

»Sag nicht so etwas«, sagte sie.

Sie hatte wie immer ein Trägertop an. Ihre Brüste waren wie Zitronen, aber aufrecht. Mädchen wie Nilüfer können anziehen, was sie wollen. Es ist immer leicht, sie sich nackt vorzustellen.

»Wartest du etwa auf Serhat?«

»Ja«, sagte sie mit einer Melancholie, die sie vor mir zu verstecken suchte. »Eigentlich wollte er vor einer Stunde hier sein. Aber er geht nicht ans Telefon.«

»So sind solche Penner wie Serhat halt. Es macht ihnen Spaß, schöne Mädchen wie dich warten zu lassen. Soll ich ihm eins in die Fresse hauen, wenn er auftaucht?«

Sie lachte wieder und streifte flüchtig mit ihrem Handrücken über meine Wange. Ihre Hände waren so warm, dass man denken konnte, sie hätte sie heimlich zwischen ihren Schenkeln aufgewärmt, um mich schon mal klarzumachen für den Fall, dass Serhat nicht erschien. Sie stand auf und nahm ihre Tasche. Wahrscheinlich wollte sie aufs Klo, um sich nachzuschminken. Dabei brauchte sie das doch gar nicht. Sowieso mag ich keine Frauen, die meinen, sie müssten sich sofort das Näschen pudern und ihre Haare machen, wenn sie mich sehen.

»Bringst du mir auf dem Rückweg ein Bier mit?«, sagte ich.

»Warum holst du es nicht selbst?«

»Du weißt, dass ich Barmänner hasse. Wenn ich jetzt an die Theke gehe, muss ich dem Typen am Ende die Fresse einschlagen, und diese wunderschöne Nacht, in der noch alles passieren kann, ist zu Ende, bevor sie richtig angefangen hat.«

»Okay«, sagte sie und ging.

»Geh dir das Näschen pudern, meine Schöne«, rief ich ihr nach, »bring mir ein Bier mit, vergiss Serhat und behandle mich, wie man einen Mann behandelt!« Sie drehte sich um und lachte zum dritten Mal. Mädchen, die ein bisschen etepetete sind wie Nilüfer, muss man immer im Imperativ ansprechen, sonst verstehen sie einen nicht. Sie wissen so verdammt wenig über diese abgefuckte Welt, das macht mir manchmal richtig Angst. Wenn ich mit so einer unterwegs bin, fühle ich mich manchmal wie ein Perverser, der eine Zehnjährige zu verführen versucht.

Sie kam zu mir zurück. Für sich selbst hatte sie ein Glas Wein mitgebracht. Im Laufe unserer Unterhaltung kroch ich in millimeterfeinen Manövern immer näher an sie heran. Wir waren zwei Menschen in einer schlecht beleuchteten Ecke einer Bar, die aufeinander Lust hatten, aber aufgrund äußerer Umstände nicht zusammenfinden konnten. Randvoll mit getarnten Begierden saßen wir da. Weil wir selbst es nicht konnten, machten unsere Worte miteinander Liebe. Zusammenhanglose Sätze, kurz und elliptisch, außer Atem. Ich mag es, die Spannung aufrechtzuerhalten. Jungen Mädchen wie Nilüfer gegenüber musst du zwei Taktiken anwenden: Erstens, verbirg nicht, was du willst. Zweitens, du bist derjenige, der den Zeitpunkt bestimmt.

Während der Abend fortschritt, tat sie ein paar Mal so, als riefe sie irgendjemanden an. Sie tippte SMS, deren Anlässe vermutlich winziger waren als Feigenkerne. Sie verpasste keine Gelegenheit, mir zu signalisieren, dass ich Konkurrenten hatte und sie nicht allein war. Abgeschmackte Taktik. Es gibt nichts Traurigeres als eine alleingelassene Frau, die sich bemüht, ihre Situation zu vertuschen. Dabei hatte ich wie ein echter Gentleman mein Telefon auf lautlos gestellt, obwohl ich es neu hatte und an jenem Tag zum ersten Mal benutzte. Ich mochte nämlich solche Spielchen nicht. Weil ohnehin alle Karten auf dem Tisch lagen. »Okay, Nilüfer«, hätte ich ihr gerne gesagt, »du bist sauer auf Serhat. Wenn ein Mann eine Frau zwei Stunden warten lässt, dann heißt das, dass sie ihm nicht wichtig ist. Ich glaube, du hast überhaupt noch nicht erfahren, was es heißt, geliebt zu werden. Aber tu mir den Gefallen und versuch dich nicht mit aufgesetzten Gesten da rauszuholen. Hör auf mit diesem weibischen, falschen Stolz. Wenn du deine Trauer ausleben willst, dann zeig sie wie ein Kerl.«

Ich spürte, dass inmitten dieser Flutwelle von Anspannung und Melancholie die Zeit für eine kleine Offensive gekommen war. Ich schaute nach den umliegenden Tischen, ob uns jemand beobachtete. Nicht wegen mir selbst natürlich, sondern weil Mädchen wie Nilüfer sich um solche Dinge Gedanken machen. Aber ich beschloss, noch ein wenig zu warten. Denn gerade hatte sie mit ihren leicht zitternden, langen, schlanken Fingern eine lange, schlanke Zigarette angezündet. In ihre Schläfen war das Rot des Weins gekrochen, den sie trank, ihre Augen waren glasig, ihre Wimpern lang.

»Du tust oft so«, sagte sie, »als hättest du total den Durchblick.«

»Ja«, sagte ich, »ich hab total den Durchblick.«

»Ein unglaubliches Selbstvertrauen. Serhat ist überhaupt nicht so.«

»Wie denn auch. Er kapiert ja nichts.«

Sie lachte wieder.

»Eigentlich bist du gar nicht so doof, wie du wirkst«, sagte sie.

»Danke«, sagte ich und küsste sie auf die Lippen. Eine Panzerfaust, deren Mündung zwischen Ober- und Unterlippe klaffte. Der Geschmack war mir nicht fremd, wahrscheinlich war es Max Factor Colour Perfect R 948, eine angenehme Sorte.

»Mach das bitte nicht«, sagte sie. Sie stieß mich gegen die Brust und schaute sich um, ob es jemand gesehen hatte. Als wäre etwas Peinliches vorgefallen, als müsse sie jetzt zählen, wie viele Menschen sie dabei gesehen haben könnten, schaute sie sich um. Auch das war gespielt. Während sie weiterhin die Umgebung absuchte, ging ich noch näher an sie heran und küsste sie auf das winzige Muttermal in der Biegung ihres Nackens, in den ihr zwei Haarsträhnchen gefallen waren.

Sie stieß mich weg. »Ich hab gesagt, du sollst das sein lassen, du Spinner!«, sagte sie. Sie dachte wohl, sie könne einen auf hart machen. Aber bei allem, was ich schon erlebt hatte, würde mir diese gespielte Abweisung sicher keinen Schreck einjagen. Nilüfers Wille wurde unter meinen Händen zu einer Sandburg. Wenn ich die Burg nicht in diesem Moment zerstörte, dann nur aus Rücksichtnahme auf ihr Selbstwertgefühl, das in dem Moment in den Keller gehen würde, in dem sie sah, wie hilflos sie mir verfallen war. Aber welche Frau weiß schon einen Gefallen zu schätzen? Ich hasste es, so oft grob werden zu müssen, nur weil mein feineres Verhalten einfach nicht verstanden wurde. Ich ließ sie gewähren. »Wegen diesem Penner Serhat?«, fragte ich.

»Sag nicht andauernd Penner zu Serhat.«

»Wieso? Weil er einen Job hat? Weil er Wäschejunge ist?«

»Er ist kein Wäschejunge, sondern Ingenieur.«

»Ein Typ, der in einer Waschmaschinenfabrik arbeitet, ist für mich ein Wäschejunge. Ein echter Ingenieur baut Brücken oder Panzer, keine Waschmaschinen.«

Wir tranken wortlos. Meine Laune war dahin.

»Ich kann abhauen, wenn du willst.«

Sie schaute auf die Uhr.

»Nein«, sagte sie, »wir gehen zusammen.«

»Und wohin?«

»Nach Hause.«

»Zu wem nach Hause?«

»Zu dir natürlich.«

»Nicht so rasch«, sagte ich. »Setz dich auf deinen Po und genieß unseren Abend. Wir können auch noch in zwei Stunden wild übereinander herfallen. Warum so ungeduldig?«

Sie lachte wieder. Mädchen wie Nilüfer verdrehen Männern mit ihrem andauernden Lachen den Kopf. Das ist das Einzige, was sie drauf haben. Sie trug einen Rock, der nicht einmal ihre Knie bedeckte. Ich legte meine Hand auf das Knie, das ich am bequemsten erreichte, und schob sie unterm Rock ihren Schenkel hoch. Er war makellos bis auf das eine oder andere eingewachsene Stoppelhärchen. Darüber konnte ich hinwegsehen. Im Zeitalter der elektrischen Epilatoren war nichts Besseres zu haben. Vorbei sind die Zeiten, als die Mädchen sich noch die Beine mit Pinienharz wachsten. Sie griff nach meiner Hand und zog sie von ihrem Bein ab, als handele es sich um einen Blutegel, und legte sie auf den Tisch. Ich dachte mir, vielleicht war es einfach das falsche Bein, und versuchte es mit dem anderen. Als sie so tat, als wolle sie mir mit dem Handrücken ins Gesicht schlagen, nahm ich meine Hand weg.

»Hast du nicht gerade vorgeschlagen, dass wir zu mir gehen? Oder hab ich mich da verhört?«

»Du spinnst. So habe ich das doch nicht gemeint.«

»Wie hast du es denn gemeint, Nilüfer? Dass wir zu Hause zusammen Kreuzworträtsel lösen? Wenn du nicht solche absehbaren Spielchen machen würdest, könnte ich dich echt ziemlich toll finden …«

Sie wühlte in ihrer Tasche.

»Was hast du vor?«

»Ich werde zahlen.«

»Hör zu, meine Schönheit«, sagte ich. »In dieser Galaxie lebt keine Frau, die einen Abend an meinem Tisch sitzt und dann die Rechnung zahlt. Das würd ich gern mal sehen, dass sich eine Frau findet, die behauptet, ich hätte sie bezahlen lassen.«

»Es ist nicht dein Tisch. Ich saß hier und du bist dazugekommen.«

»Egal. Wenn du gehen willst, bitte. Aber versuch nicht, mich zu erniedrigen, indem du die Rechnung übernimmst. Ich bin ein altmodischer Mann, ich lege noch Wert auf solche Sachen.«

Sie nahm ihre kleine, schnuckelige Tasche, ohne sie sich über den Arm zu hängen, und entfernte sich mit wütenden Schritten. Ich schaute mir ihre Figur an. Ganz schön bedrückend, dass diese Welt, die zwar im Grunde ein mieser Ort war, aber nichtsdestotrotz gefüllt mit unzähligen Schönheiten, für Männer, die schon so viel erlebt hatten wie ich, ab und an zu einer richtigen Hölle werden konnte. Aber tief im Inneren blieb ich ruhig, weil ich wusste, dass sie in zehn Minuten zurückkommen würde. Mädchen wie Nilüfer brauchen zehn Minuten an der frischen Luft, bis sie verstehen, dass sie sich gerade einen echten Mann entgehen lassen, einen, der sie in seinen Armen so fest drücken kann, dass ihre Knochen knacken.

Ich nahm mein Bier und ging an die Bar.

»Was suchst du denn hier?«, blaffte mich der Barmann an.

»Ich will keinen Stress. Ich will in Ruhe mein Bier austrinken und nach Hause gehen. Also lass mich.«

Vielleicht hatte ich etwas falsch gemacht. Ich hätte Nilüfers Schüchternheit berücksichtigen sollen. Ich hatte gehört, dass sie im Alter von zehn Jahren ihre Mutter verloren hatte, und vielleicht hatte der unheilbare Schmerz ihr eine Furchtsamkeit eingebläut, die sie ihr Leben lang mit sich herumtragen musste. Dementsprechend musste ich mich verhalten und, um sie nicht zu verschrecken, ein wenig aufgesetzte Nettigkeit walten lassen. Genau das konnte ich aber nicht, das war mein großer Fehler, dass ich einfach ein aufrichtiger Kerl war. Da ich mit dem Rücken zur Tür saß, sah ich sie im Spiegel hinter der Bar. Nach genau zehn Minuten war sie zurückgekommen. Und dann wirft sie mir noch vor, dass ich den totalen Durchblick habe. Tja. Ich hatte aber keine Lust, so zu tun, als wäre ihre Rückkehr ein großes Wunder.

»Warum bist du zurückgekommen?«, fragte ich.

»Nicht so, wie du denkst«, sagte sie.

Ich drehte mich ein wenig auf meinem Hocker, griff um ihre schmalen Hüften und küsste sie auf die Stirn. Sie war so zart, dass man beim Küssen Angst bekam, sie zu zerbrechen. Mit dem Kuss auf die Stirn flog bei ihr eine Sicherung durch, und sie begann zu zittern, sie stieß mich reflexhaft zurück, und ich wäre beinahe vom Barhocker gefallen. Sie schlug mit ihrer kindlichen Faust auf den Tresen und schrie: »Lass das sein, hab ich gesagt!« Ein paar Leute drehten sich nach uns um.

Der beschissene Barmann kam sofort angekrochen: »Was geht denn hier ab?«

»Nichts für dich«, sagte ich. »Das ist meine Freundin. Wir werden jetzt hier sitzen und was trinken. Wenn wir wollen, knutschen wir, und wenn wir wollen, schreien wir uns an, das Ganze geht bis zum Vorspiel. Und nichts davon geht dich etwas an. Du kannst jetzt gehen.«

Der Barmann wollte etwas sagen, aber Nilüfer winkte ab. Der Barmann zischte ab.

»Warum bist du dann gekommen?«, fragte ich.

»Warum tust du das?«

»Warum tu ich was?«

»Warum benimmst du dich wie ein Idiot?«

»Was ist daran idiotisch, dich zu küssen?«

»Du sagst mir jetzt sofort, warum du das tust.«

Weil ich Unterhaltungen hasse, die aus einem Fragenbombardement bestehen, wandte ich mich in romantischer Gleichgültigkeit dem Barspiegel zu.

»Ich betrachte dich in diesem Barspiegel, Nilüfer, und frage mich«, sagte ich, »warum sollte ich das nicht tun? Nenn du mir doch einen Grund, warum ich das nicht tun sollte.«

Sie setzte sich neben mich. Mit ihren langen, schlanken Fingern, die vermutlich seit dem Tag zittern, an dem ihre Mutter starb, zündete sie sich eine lange, schlanke Zigarette an, blies den Rauch über meinen Kopf hinweg in die Luft und sagte: »Weil du Spinner erst vierzehn Jahre alt bist. Und ich bin fünfundzwanzig.«

»Ist das das einzige Problem?«

»Nein, ich bin die Freundin deines erwachsenen Bruders. Man grabscht nicht einfach die Freundin seines großen Bruders an.«

»Aber Serhat ist ein scheiß Penner.«

»Ist er nicht. Er ist ein wunderbarer Mensch. Du bist hier gerade der scheiß Penner.«

»Jetzt wollen wir aber nicht beleidigend werden, ja?«

»Du hast Serhats Handy eingesteckt, stimmts? Du hast mir von seinem Telefon aus gesimst, ob wir uns hier treffen wollen, und dann kamst du.«

»Du hast ja eine blühende Phantasie, schöne Frau. Du glaubst wohl, alle Männer seien in dich verliebt.«

Ich wedelte mit meiner leeren Bierflasche Richtung Barmann. »Noch eins«, sagte ich. Der Barmann ignorierte mich.

»Hör auf, in den Spiegel zu starren, und guck mich an. Ich werde Serhat nicht sagen, was du gemacht hast, aber du musst mir etwas versprechen.«

»Und was?«

»Dass du so etwas nie wieder tust! Unter gar keinen Umständen!«

Ich drehte mich zu Nilüfer um. Ich schaute in ihre blauen Augen, die mich an den Maelstrom erinnerten, und sagte: »Ich werde das jederzeit wieder tun, meine Schöne. Solange du in dieser Milchstraße Atem holst, und solange ich ein Mann bin, werde ich das jederzeit wieder tun. Du wirst in jeder Sekunde, die du lebst, meinen Atem in deinem Nacken spüren.«

»Wozu?«

»Weil du einen echten Mann brauchst. Keinen Wäschejungen wie Serhat.«

Sie schaute mich an, als wäre ich ein Haufen Scheiße. »Was bist du nur für ein Mensch?«, sagte sie. »Versuch dich doch mal in deinen Bruder hineinzuversetzen.«

»Wie soll ich mich denn in diesen Penner hineinversetzen?«

»Nenn deinen Bruder nicht andauernd einen Penner. Er hat dir beigebracht, wie man Auto fährt und wie man angelt.«

»Du kennst solche Typen wie Serhat schlecht. Die stehen darauf, dich einzuwickeln, indem sie nett zu dir sind. Dann fressen sie dich bei lebendigem Leib. Er hat ein Auto, er hat ein Boot, er hat eine Angel. Er verteilt doch nur Almosen. Bring mir nicht bei, wie man angelt, Nilüfer, sondern schenk mir einen Fisch!«

Ich beugte mich wieder vor, um sie zu küssen, aber mit einem gekonnten Manöver zog sie sich zurück. »Aber er geht jedes Wochenende mit dir ins Stadion, obwohl er sich nicht für Fußball interessiert«, sagte sie. Das war ja wohl lachhaft. Mein Lachen hallte durch die ganze Bar.

»Was für eine Lüge, dass er sich nicht für Fußball interessiert. Das hat er nur gesagt, um dich rumzukriegen. Jedesmal, wenn ein Tor fällt, klatscht er mit. Einmal hat er sogar bei der Welle mitgemacht.«

»Jeder Mensch im Stadion klatscht.«

»Serhat ist nichts für dich, meine Schöne. Das musst du langsam akzeptieren. Du brauchst einen echten Mann. Du bist jetzt schon ein Vierteljahrhundert auf dieser Welt und hast noch keinen echten Mann gehabt. Das ist doch echt traurig.«

»Mach mich nicht wütend mit deinem Gerede von echten Männern. Was weißt du überhaupt über Männer und Frauen?«

»In den Nächten, in denen ich alleine wach lag, während ihr euch im Nebenzimmer geliebt habt, hab ich manchmal die Bettfedern quietschen hören«, sagte ich und spielte dabei mit der leeren Bierflasche. »Mir war klar, dass da gerade die größte Ungerechtigkeit der Welt passiert. Aber ich benahm mich wie ein echter Mann und verzichtete darauf, einen Aufstand zu machen. Ich störte euch nicht, damit ihr nicht aus der Stimmung kommt. Aber ich rede hier nicht nur von Sex. Ich sage das, weil mir an dir etwas liegt. Serhat hat natürlich einen Glücksgriff gemacht, aber für dich ist diese Beziehung ein Unglück. Der Penner hat aber auch immer Glück gehabt. Einmal ist mein Vater Silvester mit uns zur Tombola gegangen. Serhat hat 4.000 Lira gewonnen, ich hab nicht einmal einen Trostpreis gekriegt. Aber Glück haben bedeutet nicht, ein Mann zu sein. Ich wünschte, mein Vater wäre noch am Leben. Eigentlich brauchst du nicht mich, sondern einen Mann wie meinen Vater. Ein echter Mann ist so jemand wie mein Vater. Weißt du eigentlich, wie mein Vater gestorben ist, Nilüfer? Die Parkhausmafia hat ihn mit einem LKW überfahren. Achte auf dieses Detail. Nicht mit einem PKW, sondern mit einem LKW. Er starb mit seinen drei Bodyguards. Der war kein Wäschejunge wie Serhat. Der war ein richtiger Mann. Er hatte einen krassen Ruf.«

Sobald ich an meinen seligen Vater dachte, bekam ich feuchte Augen. Fast hätte ich geheult. Unauffällig wischte ich mir mit dem Handrücken die Augen trocken. Nilüfer lächelte sanft, in ihrem Gesicht stand ein Ausdruck von Barmherzigkeit. Sie legte ihre Hand auf meine.

»Nimm deine Hand weg«, sagte ich. Sie nahm sie weg. Hätte ich das bloß nicht gesagt, dachte ich.

»Kannst du wieder meine Hand halten, Nilüfer?«, fragte ich sie. »Ich brauch das gerade sehr.«

Sie hielt meine Hand. Schöner als ihre kann eine Mädchenhand gar nicht sein. Die Knochen waren deutlich zu spüren, die Finger schlank und lang. Und mit diesen Händen zündest du dir Zigaretten an, mit diesen Händen fasst du den Penner Serhat an? Hat denn der Penner diese Hände verdient? Als ihre Hand in meiner lag, war es unglaublich schwer, auseinanderzuhalten, wo ich aufhörte und wo sie begann. Als ich es erst einmal spürte, war es verdammt schwer, die Realität zu akzeptieren. Unter dem Einfluss der verfluchten Melancholie, die aus dieser Realität emporstieg, begann ich langsam, langsam Nilüfers Hand zu streicheln und in millimeterfeinen Manövern ihren Arm hoch zu klettern. Bevor ich beim Ellenbogen angelangt war, verzog sie die Augenbrauen und stoppte mich. Ich konnte mich nicht mehr zurückhalten und nahm die in Reichweite befindliche Brust in meine Handfläche. Sie hob ihre Hand, als wolle sie mich schlagen, ich ging in Deckung. Sie besann sich eines Besseren und packte mich fest am Ellenbogen.

»Los, wir gehen. Hopp!«

»Wohin?«

»Nach Hause.«

»Zu wem?«

»Idiot. Zu dir. Deine Mutter macht sich sicher schon Sorgen. Weißt du eigentlich, wie viel Uhr es ist?«

»Du lern erst einmal, wie man mit einem Mann zu sprechen hat«, schrie ich. Ich riss meinen Arm los. »Hau ab!«

Sie stutzte. Ich sah, dass alle Leute uns anguckten, und damit sie auch was zu sehen bekamen, verpasste ich ihr eine Ohrfeige mitten ins Gesicht. Sie begann, mit ihrer Tasche auf meinen Kopf einzuschlagen. Sie schlug ganz schön fest, aber da ich mich schützte, tat es nicht sehr weh. Als sie die Bar verließ, rief ich ihr »Schlampe!« hinterher.

»Verschwinde aus meinem Leben!«

Der Barmann kam an.

»Hast du gesehen«, sagte ich, »sie hat angefangen.«

»Mach ganz schnell die Fliege.«

»Gib mir zehn Minuten, ich trink noch mein Bier aus.«

»Dein Bier ist sowieso schon leer.«

»Bitte gib mir zehn Minuten. Heute ist der schlimmste Tag in meinem Leben. Bitte.«

»Fünf Minuten«, sagte er und ging.

Innerhalb dieser Frist kriegte ich mich wieder ein bisschen ein. Ich wollte gerade aufstehen, da kam Serhat.

»Ach Mensch, endlich!«, sagte er. »Ich such dich den ganzen Abend, Brüderchen. Wo warst du denn? Deine Mutter steht kurz vor dem Herzinfarkt. Wo warst du nur?«

»Frag nicht so blöd. Du siehst doch, dass ich hier sitze.«

»Aber ich dachte, du magst es hier nicht. Deswegen hab ich zuallerletzt hier nachgeschaut.«

»Ich brauche das gerade. An einem Ort sitzen, den ich nicht mag.«

Er schaute mich zweifelnd an.

»Setz dich, dann reden wir wie zwei Männer«, sagte ich. »Ich hab was mit dir zu bereden.«

Der Altersunterschied zwischen uns beträgt nur elf Jahre. Als wir bei der Tombola waren, war ich fünf Jahre alt. Serhat war sechzehn. Weil er größer war, hatte er natürlich die Chance, ein Los von ganz hinten in der Trommel zu ziehen. Als er infolge dieses unlauteren Wettbewerbs ein Los mit Hauptpreis gezogen hatte, beschloss meine Familie ausgerechnet, von dem Geld ein Auto zu kaufen. Mein Vater brachte Serhat das Autofahren bei. Aber ein Jahr später begann er, heimlich das Auto zu nehmen, wenn mein gutherziger Vater es nicht merkte. Er bedrohte mich, damit ich nichts sagte. Als siebzehnjähriger Penner ohne Führerschein kreuzte er durch die Straßen. Ich rief bei der Polizei an und zeigte ihn an. Ich gab ihnen sogar das Kennzeichen, aber weil ich sechs Jahre alt war, nahmen sie mich nicht ernst.

Der Barmann legte einen Bierdeckel vor Serhat hin. Serhat bestellte einen Rakı. Was für ein Angeber. Trink doch einfach Bier.

»Für mich das gleiche«, sagte ich zum Barmann.

Er guckte mich strafend an.

»Das ist mein großer Bruder, okay?«, sagte ich. »Wir werden hier sitzen und wie zwei Männer Rakı trinken. Du musst nicht gleich Zitronensaft über unsere Unterhaltung gießen. Jetzt gib mir meinen Rakı und guck mich nie wieder an!«

Während ich das sagte, schaute der Barmann Serhat an. Serhat sagte: »Nimm das nicht so ernst. Ich hab ihn unter Kontrolle. Wenn er nicht gerade so tut, als wäre er geisteskrank, ist er ein guter Junge.«

Er unterstützte seine Worte mit Gesten und diesem scheinheiligen Lächeln, das er sich antrainiert hatte, um die Mädchen herumzukriegen. Der Barmann brachte den Rakı. Ich nahm einen Schluck. Er brannte fürchterlich.

»Hey, komm mal her«, rief ich ihm nach.

»Ich gucke dich nie wieder an.«

»Sei nicht so vorlaut und komm her. Nimm das Glas, kipp die Hälfte weg und mach Wasser rein. Und ganz viel Eis.«

Er nahm das Glas und tat, was ich ihm sagte. Auf dieser Welt gibt es schlicht niemanden, der sich im Guten etwas sagen lässt. Man muss immer den Imperativ benutzen.

Serhat nahm einen Schluck von seinem Rakı.

»Was ist los?«, fragte er.

»Ich hab mich von Demet getrennt.«

»Wann wart ihr denn zusammen, und wann habt ihr euch getrennt? Mama hat sowieso gesagt, du wärest wegen Demet traurig. Weil du mit ihr gehen wolltest und sie nicht mit dir.«

Ich lachte.

»Du bist so naiv, Serhat. Natürlich wollte sie mit mir gehen. Das haben aber einige Jungs nicht verkraftet, und die haben das Gerücht in die Welt gesetzt, dass sie nein gesagt hat.«

»Und warum habt ihr euch getrennt?«

»Du hast Demet ja gesehen. Sie ist ein hübsches Mädchen, bei Allah …«

»Stimmt.«

»Du hast nicht etwa ein Auge auf sie geworfen, Serhat?«

»Red keinen Quatsch.«

»Egal. Jedenfalls war Demet zwar hübsch, aber ein bisschen unterkühlt. Es gibt so Mädchen, du kennst das doch, Serhat, wo die Chemie einfach nicht stimmt. Sie war nicht offen für Fantasien.«

»Für welche Fantasien bitte soll denn ein vierzehnjähriges Mädchen offen sein?«

»Die Welt hat sich gewandelt, Serhat. Es ist nicht mehr so wie damals, als du jung warst.«

»Ja«, sagte er. Er schaute mich besorgt an.

»Du scheinst aber auch Sorgen zu haben«, sagte ich.

»Ach, ich hab blöderweise heute mein Handy verloren. Ich wollte dich anrufen, da war es weg. Nilüfer konnte ich auch nicht Bescheid sagen. Sie wartet bestimmt auf meinen Anruf.«

»Genau darüber wollte ich mit dir sprechen.«

»Hast du mein Handy gesehen?«

»Nein. Ich rede von Nilüfer.«

»Was ist denn?«

»Das Mädchen ist nichts für dich, Bruder.« Ich sag fast nie Bruder zu Serhat. Ich hoffte, er verstand, dass ich etwas besonders Wichtiges sagen wollte.

»Warum ist sie nichts für mich?«

»Sie ist nicht so, wie du denkst. Sie ist fünfundzwanzig, aber geistig ist sie wie eine Zehnjährige. Okay, sie hat ein hübsches Gesicht, aber sie hat schiefe Zähne.«

»Gar nicht.«

»Vielleicht hast du es nicht gemerkt, weil dir beim Küssen schwindelig geworden ist. Aber einer ihrer Eckzähne steht zehn Millimeter vor.«

»Mach dir da mal keine Gedanken drüber, Kleiner.«

»Mir geht es um dich, Serhat. Ich möchte, dass du mit einer echten Frau zusammen bist. Okay, Nilüfer hat gute Beine, aber ihre Brüste sind wie Zitronen. Wenn du die Brüste einer Frau in die Hand nimmst, dann dürfen sie nicht ganz reinpassen.«

»Ich liebe sie.«

»Nein, Serhat. Du denkst nur, du liebst sie. Außerdem ist Nilüfer so ein bisschen unberechenbar. Allah weiß, ob sie nicht heut Abend in einer schlecht beleuchteten Ecke irgendeiner Bar mit irgendeinem scheiß Penner rumgeknutscht hat. Er hat ihr an die Beine gepackt. Er hat ihr an die Brüste gefasst. Und sie hat es zugelassen. Und zwar einfach nur deshalb, weil du sie heut Abend nicht angerufen hast, weil du dich darum gekümmert hast, deinen armen Bruder zu suchen, der verschwunden war. Sie will einen Keil zwischen dich und unsere Familie treiben. Das hat sie vor. Da hat sie sich einen gutaussehenden, fähigen Ingenieur geschnappt, demnächst wird sie dir in den Ohren liegen, dass sie heiraten will. Dann sperrt sie dich für immer ein. Du gehst arbeiten und sie verprasst das Geld.«

»Nilüfer geht auch arbeiten. Sie ist überhaupt nicht auf mein Geld angewiesen.«

»Gut«, sagte ich, »wie du meinst. Aber wie erklärst du dir, dass sie mich hasst, obwohl ich ihr immer nur Komplimente gemacht hab? Sie will einen Keil zwischen dich und mich treiben. Nicht nur zwischen dich und mich. Auch zwischen dich und unsere Mutter. Sie würde sogar einen Keil zwischen dich und unseren seligen Vater treiben, wenn sie das nur könnte.«

»Jetzt übertreib mal nicht, Kleiner. Nilüfer ist nicht so ein Mensch. Weißt du noch, wie wir letztes Jahr Mamas Geburtstag vergessen haben und sie uns daran erinnert hat?«

»Sie hat sämtliche Informationen über uns gespeichert. Unsere Geburtstage, unsere Lieblingsspeisen ... Sie will sich von ihrer süßesten Seite zeigen und uns die Augen bepinseln, damit wir ihren wahren Charakter nicht mehr sehen können. Sie will die Festung von innen einnehmen. Sie ist nur nett zu uns, weil sie uns einwickeln will. Wenn sie uns erst einmal in der Hand hat, wird sie uns bei lebendigem Leib fressen. Sie würde über

Leichen gehen, um ihr Ziel zu erreichen. Sie lügt, ohne mit der Wimper zu zucken. Sie steht auf byzantinische Palastintrigen. Du hast keine Ahnung von Mädchen wie Nilüfer, Bruder, denen reicht es nicht, ein Herz einmal zu erobern. Sie belagern es jeden Tag aufs Neue, erstürmen es und reißen es ein, jeden Tag, bis sie dein ganzes Dasein in ihrer Hand haben.«

»Mach dir darüber keine Gedanken, Kleiner. Ich komm schon zurecht. Und dich würde sowieso niemand bei lebendigem Leib fressen. An dir verdirbt man sich nur den Magen.«

So weit also der Humor von einem Penner wie Serhat. So viel zu seiner Fähigkeit, Wortspiele zu machen. Und dann lachte er auch noch so bescheuert, als wäre das besonders witzig gewesen, und streichelte mir den Nacken. Ich nahm einen ordentlichen Schluck von meinem Rakı. Wie ein Drink nur so eklig schmecken konnte.

»Ich will, dass du mir etwas versprichst, Serhat«, sagte ich. »Wenn sie auch nur die kleinste Bemerkung über mich macht … Das wird sie natürlich in einem Moment tun, in dem du besonders verwundbar bist. Wenn ihr nach dem Liebesakt splitterfasernackt Arm in Arm daliegt und sie dann eine von ihren dünnen Zigaretten anzündet und den Rauch in die Luft bläst. Ich bin mir sicher, dass es so sein wird. In so einem Moment tu mir den Gefallen und sobald sie etwas über mich sagen will, schneid ihr das Wort ab und sag, darüber möchtest du nicht reden.«

»Wieso?«

»Tu einfach, was ich dir sage. Bitte, Bruder.«

»Okay.«

»Versprochen?«

»Versprochen.«

»Männerehrenwort?«

»Männerehrenwort.«

»Danke, Bruder. Ich will dich noch was fragen. Bläst Nilüfer dir einen?«

»Lass uns über was anderes reden.«

»Hey, wir reden hier von Mann zu Mann, du musst dich nicht genieren. Bläst sie dir einen?«

»Halts Maul«, sagte er. Er schaute streng. Ich bohrte nicht weiter nach.

»Lass uns gehen«, sagte ich.

»Warum?«

»Meine Laune ist futsch.«

»Lass uns unseren Rakı austrinken, dann gehen wir.«

»Steh auf«, sagte ich. »Mir ist kotzübel. Ich will nicht hier hinkotzen. Ich will auf die Straße kotzen. Sei nicht so egoistisch, nur weil du deinen Rakı noch nicht ausgetrunken hast. Nur wegen dir weiß ich nicht mal mehr, wie ich heiße.«

Ich sah, dass Serhat mich verblüfft anschaute, und warf hinterher: »Wie heiße ich überhaupt?«

»Wovon redest du denn, Kleiner?«

»Wie heiße ich?«, schrie ich. Das Gemurmel und Gebrumme der Bar verstummte mit einem Mal. Alle schauten sich nach uns um. »Warum sagst du nichts, Serhat?«, fragte ich, unserem Publikum zugewendet. »Weil ich überhaupt keinen Namen habe. Du hast ihn mir geklaut! Ich bin nur noch der kleine Bruder von Serhat. Ich heiße Der Kleine Bruder Von Serhat. Ich kann mir den Arsch aufreißen, ich bin und bleibe der kleine Bruder von Serhat. Und wenn ich mit meinem Maul Vögel fangen würde, ich könnte nichts mehr daran ändern …«

»Kleiner, bitte …«

»Musst du denn immer so erfolgreich sein? Musst du denn immer alle Chancen nutzen, die das Leben dir zuwirft? Musst du denn immer Freundinnen mit blauen Augen haben?«

»Bruder, bitte. Ich wollte dich doch nie verletzen.«

»Was fürn blöder Spruch. Ich wollte dich nicht verletzen blah. Red mit mir wie ein Mann! Du sitzt hier nicht vor Nilüfer. Das heißt nicht Ich wollte dich nicht verletzen.«

»Wie heißt es denn?«

»Es heißt: Tut mir leid, wenn ich was falsch gemacht hab, Alter.«

»Na gut. Und jetzt beruhig dich, Alter.«

»Kannst du bitte zahlen?«

Er holte sein Portemonnaie heraus und schaute auf die Rechnung. »Hast du das alles alleine getrunken?«, fragte er. »Hast du etwa Bier und Wein durcheinander getrunken?«

»Was denkst du, wen du vor dir hast, hm?«

Als er das Geld aus seinem Portemonnaie nahm, sagte ich: »Kannst du mir 50 Lira borgen?« Er steckte mir 100 Lira in die Hemdtasche, ohne dass es jemand mitbekam.

»Jetzt tu nicht so, als würdest du mir Almosen geben.«

»Was hast du denn jetzt? Du hast nach Geld gefragt und ich hab dir welches gegeben.«

»Ich hab dich gefragt, ob du mir 50 Lira leihen kannst. Du hast klammheimlich 100 Lira in meine Tasche gesteckt. Du willst schon wieder nett sein, um mich einzuwickeln.«

»Schrei mich nicht die ganze Zeit an.«

»Ich schrei, so viel es mir passt. Ich wollte keine Barmherzigkeit von dir, sondern ich wollte, dass du mir von Mann zu Mann 50 Lira borgst. Wenn ein Mann will, dass du ihm 50 Lira borgst, dann machst du das so, dass alle Leute das sehen können. Dann sagst du dir, ich hab diesem Mann 50 Lira geborgt. Und dieser Mann gibt dir dein Geld zurück, wenn es an der Zeit ist. Verstanden?«

»Verstanden.«

»Dann mach dir keine Sorgen. Nächste Woche gibt mir Mama Geld, dann geb ich es dir zurück.«

Serhat nahm gerade sein Wechselgeld in Empfang, da konnte ich mich nicht mehr halten und kotzte auf die Theke. Der Barmann starrte mich voll Horror an, als wäre ich eine Kuh, die sich an den Tresen gesetzt und ihn vollgeschissen hätte. Serhat entschuldigte sich beim Barmann. Er gab ihm ein sehr hohes Trinkgeld. Als wir gerade gehen wollten, entschuldigte er sich noch einmal. Typen wie Serhat stehen total darauf, sich zu entschuldigen. Die Unterwürfigkeit steht ihnen ins Gesicht geschrieben.

»Macht nichts«, stieß der Barmann zwischen seinen Zähnen hervor. »Hauptsache, du sammelst endlich diesen Spast ein und verschwindest.«

Als ich das Wort hörte, rastete ich aus. Erst einmal wischte ich mir mit dem Handrücken die Kotze vom Mund. Dann schrie ich: »Wer ist hier der Spast, *lan*?[1]« Ich ging auf den Barmann los. »Ich hau dir deine Fresse ein, du Penner. Ich werd deine Mutter und deine Schwester fi-«

Serhat kam rechtzeitig, um mir den Mund zuzuhalten. Der Barmann krempelte seine Ärmel hoch und kam hinter der Bar hervor. Ich versuchte, mich von Serhat zu befreien, aber er nahm seine Hand nicht von meinem Mund weg. Er wollte mir zeigen, dass er der Stärkere war, indem er mir den Mund zuhielt, dieser miese Despot. Mit seiner anderen Hand stieß er den Barmann weg, der mich schlagen wollte. Als der Barmann seine Fäuste schwang, ließ Serhat mich los. Ich versteckte mich unter einem leeren Tisch. Serhat bekam eine Gerade ins Gesicht, aber er teilte zwei saubere rechte Haken aus, und der Barmann fiel um. Sofort kamen die Stammgäste angerannt und verprügelten die Hühnerbrust Serhat nach Strich und Faden. Wir wurden rausgeworfen und füllten erst einmal unsere Lungen mit der frischen Nachtluft.

»Wenn du mich nicht festgehalten hättest, hätt ich die alle fertiggemacht«, sagte ich. »Wenn mein Papa dabei gewesen wäre, hätte er ihnen allen die Fersen weggeschossen.«

Serhat wischte über seine geplatzte Lippe. Er spuckte Blut in den Rinnstein, an dem wir saßen.

»Sei doch einmal still«, sagte er etwas säuerlich.

---

1 *Lan* – »Junge« bzw. »Alter« (im Sinne etwa von: »Ey Alter!«).

»Guck uns doch mal an!«, ging ich auf ihn los. »Wenn Papa uns so sehen könnte, der würde sich im Grab umdrehen. Der hat sich wie ein Mann geprügelt und ist wie ein Mann gestorben.«

»Hör endlich auf, über Papas Tod nachzudenken!«, schrie er mich an.

»Wenn du ein Mann wärest, würdest du so was nicht sagen. Die Parkhausmafia hat ihn ermordet. Wenn du ein Mann wärst, würdest du ihn rächen. Aber du vertreibst dir deine Zeit lieber mit Frauen. Du bist kein Sohn, der seines Vaters würdig wäre. Mein Papa war ein Mann aus Stahl. Weil sie wussten, dass sie ihn mit einem normalen Auto nicht überfahren konnten, sind sie mit einem LKW auf ihn losgegangen. Du bist doch Maschinenbauingenieur, du hättest doch einen Panzer bauen können. Wenigstens hättest du eine Maschinenpistole bauen können, um uns an den Leuten zu rächen, die unseren Vater ermordet haben. Aber nein, du baust lieber Waschmaschinen. Warum, Bruder, warum? Um die schmutzige Wäsche deines würdelosen Lebens zu waschen? Oder um das Blut unserer Väter von der Erde zu waschen?«

Serhat brachte mich mit einer heftigen Ohrfeige zum Schweigen. Weil er nämlich mit einer Handvoll Kneipenschlägern nicht fertiggeworden war, musste er sich jetzt an einem vierzehnjährigen Kind auslassen, das auch noch sein eigener Bruder war. So ein Penner war das. Er verkrallte sich in meine Schultern und sagte: »Jetzt hör mir gut zu, du Dummkopf. Ich sag es dir zum letzten Mal. Bei einem LKW sind die Bremsen geplatzt, und er ist in eine Bushaltestelle gefahren. Dabei ist unser Vater ums Leben gekommen. Die Parkhausmafia hat damit nichts zu tun. Er wollte einfach nur in den Bus steigen.«

»Und seine Bodyguards«, sagte ich. »Da sind doch noch drei weitere Personen gestorben.«

»Diese drei Menschen haben an der Bushaltestelle gewartet, genauso wie unser Vater. Sie waren nicht seine Leibwächter. Er hatte nämlich gar keine. Er war auch kein Unterweltkönig mit krassem Ruf, er war ein stinknormaler Kerl.«

Ich starrte vor mich hin. Er wollte mich in den Arm nehmen. Ich schubste ihn weg.

»Verpiss dich, Serhat.«

Er nahm mich ganz fest in den Arm und sagte: »Weine nicht, mein Kleiner.«

»Ich hab nur kurz feuchte Augen gekriegt, du musst nicht übertreiben«, sagte ich. Aber aus meinem Mund und meiner Nase flennte ich Rotz und Wasser, die sich mit den Tränen aus meinen Augen vermischten. Ich konnte mich lange nicht beherrschen. Als ich mich endlich zusammengerissen hatte, sagte ich: »Was mich eigentlich traurig macht, ist dein Zustand, Serhat. Du hast dich entschieden, die Wahrheit zu verleugnen. Du bist jetzt schon ein Vierteljahrhundert auf dieser Welt, aber du hast es nicht geschafft, ein Sohn zu werden, der seines Vaters würdig ist.«

Die Schwester von Korhan Abi

Wenn wir in der Grünanlage unserer Neubausiedlung Fußball spielten, kam sie immer zu uns, stellte sich in die Nähe der Steine, mit denen wir die Torpfosten markierten, und schaute uns zu. Sie war ein wunderschönes Mädchen und hieß Aycan. Ich hatte immer Angst, dass sie den Ball gegen den Kopf bekam. Ich musste im Tor stehen, weil ich ein miserabler Spieler war. Ich akzeptierte mein Schicksal schnell und begann mich mit der Position des Torwarts zu identifizieren. Mein Vater hatte mir letztes Jahr, beeindruckt von meiner Standfestigkeit, sogar Torwarthandschuhe geschenkt, die ich inzwischen so oft getragen hatte, dass sie zerschlissen waren. Aycan stand immer neben mir, bis das Spiel vorüber war. Ein anderes Mädchen hätten wir gehänselt und als »Kerl Fatma« verspottet, wir hätten sie fertig gemacht, bis sie abgehauen wäre. Aber zu Aycan sagten wir kein Wort. Sie war nämlich die Schwester von Korhan Abi.

Korhan Abi war schon in der elften Klasse. Er kam manchmal einfach so und unterbrach unser Spiel, um den Ball mit dem Spann hochzuhalten, ohne dass er auf den Boden fiel. Er hat eine gute Technik, sagten die andern, und unser Spiel pausierte für mindestens fünf Minuten. Manchmal hatte er Lust, sich meinen besten Freund Erhan und mich zu schnappen und zu sagen: »Ich zeig euch mal, was ein Kräftevektogramm ist!« Dann stieß er unsere Köpfe gegeneinander. Aber er passte auch auf uns auf. Einmal hatte Erhan Streit mit einem Jungen aus dem Viertel weiter unten, und er hat ganz schön was einstecken müssen. Korhan Abi fand den Jungen, band seine Hände auf dem Rücken zusammen, und Erhan durfte ihm dann ins Gesicht schlagen, während Korhan Abi ihn festhielt. Der Papa von Korhan und Aycan war Beamter beim Finanzamt, ihre Mutter war Hausfrau. Wir waren Nachbarn. Wir wohnten sogar im selben Block der Gözde Wohnungsbaugenossenschaft.

Wie dem auch sei. Weil Aycan also die Schwester von Korhan Abi war, konnte ich mich auch nicht in sie verlieben. In jenem Jahr war ich stattdessen in Esra verliebt. Am ersten Schultag hatte ich Esra nach einem Radiergummi gefragt. Esra biss in ihr Radiergummi und teilte es in zwei. Dann schenkte sie mir eine Hälfte. Da beschloss ich, mich in sie zu verlieben. Ich wechselte meinen Platz und setzte mich in die Reihe hinter sie. In allen Stunden außer im Reliunterricht spielte ich unauffällig mit ihren Haaren. Sie sagte nie etwas. Eines Abends ging ich bis vor ihre Haustür und wartete dort auf sie. Sie wohnten in den Angestelltenwohnungen der Landwirtschaftsbehörde, wo ihr Vater der Haustechniker war. Leider bekam ich Esra nicht zu sehen. Ich traute mich auch nicht, bei ihr anzuklingeln Ich kam spät nach Hause. Meine Mama fiel mir um den Hals und weinte. Sie hatte gedacht, ich sei entführt worden.

Mein Papa war zu spät zur Arbeit gekommen, weil er mich überall gesucht hatte. Sobald er sah, dass es mir gut ging, eilte er aus dem Haus. Als er am nächsten Morgen wiederkam, sah er unglaublich sauer aus. Weil er zu spät gekommen war, hatte ihn einer der Ingenieure zusammengeschrien. Mein Papa gab mir eine Ohrfeige und fragte, wo ich gewesen sei. Meine Mama hatte sowieso den ganzen Abend nachgebohrt, aber ich hatte es ihr nicht gesagt. Mein Vater war ein guter Mensch. Er haute mich nie einfach so, wie Korhan Abi. Ich erzählte es ihm also. »Ich glaube, ich liebe Esra wie verrückt«, sagte ich. »Ich glaube, ich bin richtig krass verliebt.«

»In deinem Alter?«, sagte er nur und legte sich schlafen. Nach einer halben Stunde stand er wieder auf. Er hatte nicht einschlafen können. Er gab mir einen Kuss. Er sagte, wenn ich später nicht von jedem Idioten angeschrien werden wollte, müsse ich mir die Mädchen erst einmal aus dem Kopf schlagen und mich auf die Schule konzentrieren. Dann könne ich einmal Lehrer werden.

Meine Mama sagte: »Er soll studieren und Ingenieur werden, Lehrer ist doch nichts.«

»Ingenieure und Direktoren können mich alle mal kreuzweise.«

»Du sollst doch vor dem Jungen nicht so fluchen.«

»Dann bring mich halt vor ihm nicht zum Fluchen.«

Mein Papa hatte fast immer Nachtschicht. Tagsüber schlief er. So weit ich mich zurückerinnern konnte, war das schon immer so. Ich bin mit dem Gefühl aufgewachsen, dass ich zu Hause immer ganz leise sein muss. Vielleicht bin ich deswegen so ein stiller Mensch geworden. Außer Erhan hatte ich sowieso niemanden, mit dem ich reden konnte. Erhans Papa war bei der Eisenbahn. Er wohnte in einem anderen Block der Genossenschaft und ging in eine andere Klasse, aber auf die selbe Schule. Wir waren trotzdem immer zusammen, in der Grünanlage und auf dem Schulhof. Er war ein echter Hallodri. Er hat es auch als Erster gemerkt. Wir saßen auf den Autoreifen im Hinterhof der Genossenschaft, da sagte er: »Die Aycan kriegt schon Titten.« In jener Nacht dachte ich die ganze Zeit an diesen Satz. Im Traum sah ich Titten. Am nächsten Tag sollten wir unsere Zeugnisse kriegen.

Bevor die Lehrerin unsere Zeugnisse austeilte, sagte sie, wir sollten alle in den Winterferien ein Buch mit Geschichten lesen. Da wir schon in der siebten Klasse wären, könnten wir uns selber aussuchen, was wir lesen wollten. Es sollte halt nur nichts Gefährliches sein. Ich schaute unauffällig zu Aycan hin. Vorne an ihrer Schuluniform konnte ich einen kleinen Hubbel sehen. Das war ein sehr schöner Hubbel. Er war nicht ganz so schön wie die Hubbel in dem einen Pornofilm, wo sie in dem Bauerndorf sind, aber es war auf jeden Fall ein Hubbel. Als ich aufgerufen wurde, holte ich mein Zeugnis ab. Ich bekam nicht nur mein Zeugnis, sondern auch eine Urkunde, auf der Dankeschön draufstand. Ich ging zu Aycan hin. Sie hatte sogar eine Urkunde mit Lob gekriegt. »Wie ist deins?«, piepste sie und linste auf mein Zeugnis. Ich sagte ihr, dass ich nur eine schlechte Note hätte und sonst auch ein Lob gekriegt hätte.

Nach der letzten Stunde kam Erhan. Er vergriff sich verbal an den Müttern und Ehepartnern sämtlicher Lehrkörper und stieß dann seine Faust gegen das Porträtfoto des Kultusministers im Schulflur. Er hatte vier schlechte Noten. Dabei war er in den Klassenarbeiten immer gut, die Lehrer hätten nur alle was gegen ihn, sagte er.

Er spuckte auf den Boden und fragte: »Hast du geguckt?«

»Wohin?«

»Wohin wohl.«

»Hab ich.«

»Siehst du?«, sagte er und verteilte mit seiner Schuhsohle die Spucke auf dem Boden. »Würdest du die gern anpacken?«, fragte er.

»Nein.«

»Einmal reinkneifen wär doch voll geil. Wie bei dem einen Pornofilm, wo sie in dem Bauerndorf sind.«

»Red nicht immer davon«, sagte ich. »Wenn der Mann von der Videothek das meinem Papa sagt …«

»Wieso sollte er? Damit verdient er doch sein Geld.«

»Aber er kennt meinen Papa.«

»Ja und? Meinst du, er sagt: He, ich hab deinem Sohn eine Kassette ausgeliehen? Jetzt sag schon, willst du sie anpacken oder nicht?«

Etwas hoffnungslos sagte ich: »Korhan Abi?«

Erhan ballte seine Fäuste und sagte: »Ich schwör, wenn das nicht ihr Bruder wäre, ich würd sie auf jeden Fall anpacken.«

Als ich nach Hause kam, zeigte ich meiner Mutter das Zeugnis. »Bravo«, sagte sie. Sie meinte, wenn ich mich im nächsten Halbjahr etwas mehr anstrengen würde, könnte ich auch eine Urkunde mit Lob bekommen. Sie ging zu dem Zimmer, in dem mein Vater schlief, klopfte an die Tür und sagte: »Es ist vier Uhr.«

Mein Vater stand auf und prüfte mit schlaftrunkenen Augen mein Zeugnis. Dann fragte er, wie viel Torwarthandschuhe kosteten. Sie kosteten dreißig Lira. Ich dachte kurz nach, dann sagte ich: »Fünfunddreißig.« Während er sich im Bad das Gesicht wusch, bat er mich, ihm die Hose zu bringen, die auf dem Haken hinter der Tür hing. Ich tat es, und er holte seine dünne Brieftasche aus der Hintertasche. Er schaute rein und sagte: »Wie viel sagst du, fünfunddreißig?«

»Ja«, sagte ich. Er dachte kurz nach und gab mir vierzig Lira. Meine Mutter verzog die Augenbrauen. »Wo willst du sie denn kaufen?«

»Bei Doğan Spor«

»Sag ihm, er soll sie dir für dreißig geben ohne Kassenbon.«

»Okay. Die Lehrerin meinte, wir sollten in den Winterferien ein Buch lesen.«

»Frag das lieber deinen Vater.«

Ich ging in die Küche. Mein Vater aß gerade eine Tarhana-Suppe. Ich erzählte ihm, was die Lehrerin gesagt hatte. Er brüllte meine Mutter an, weil sie seine Bücher alle in einer Truhe verstaut hatte, damit die Regale nicht staubig werden sollten. Als er seine Suppe fertig hatte, gingen wir zusammen zu der Rumpelkammer und öffneten die Truhe. Es waren mindestens dreißig Bücher darin. »Hast du die alle gelesen?«, fragte ich. Er meinte, er hätte sie alle gelesen, als er jung war.

»Die Lehrerin sagt, wir sollen kein gefährliches Buch lesen.«

»Seit wann sind denn Bücher gefährlich?«

»Weiß ich auch nicht, aber das hat sie gesagt.«

»Solche Lehrer können mich mal alle kreuzweise.«

Meine Mutter schrie von der Küche aus, so laut sie konnte: »Wie oft hab ich dir gesagt, du sollst vor dem Jungen nicht so fluchen!«

Erhan durfte wegen seiner Noten eine ganze Woche lang nicht raus. Weil er nicht da war, durfte ich auch nicht mit Fußball spielen. Endlich kam er wieder. Wir umarmten uns.

»Hat dein Papa dich viel geschlagen?«, fragte ich.

»Ist doch egal«, murmelte er.

Erhan stellte seine Mannschaft auf. Ich war wieder im Tor. Ich interessierte mich mehr für meine neuen Handschuhe als für das Spiel. Aycan kam und stellte sich neben die Steine. Sie hatte ihre Haare zu zwei Zöpfen gebunden und trug einen weißen Mantel. »Na?«, sagte sie.

»Alles fit«, sagte ich. Es kamen zwei leichte Innenriststöße, die ich mit unnötigen Hechtsprüngen parierte.

»Du fliegst ja richtig durch die Luft«, sagte sie. »Du kannst aber gut springen.«

Ich dankte ihr und massierte dabei die verkrusteten Schürfwunden an meinen Ellenbogen.

»Was liest du denn in den Winterferien?«, fragte sie.

»Orhan Kemal«, sagte ich. »Lass uns nach der Ecke reden, ja?«

Es kam eine Bananenflanke, die ich mit den Fäusten parierte. Der Ball flog bis zur Mittellinie. Ich schaute, ob meine Handschuhe Schaden genommen hatten, aber sie waren wie neu.

»Welches von ihm denn?«

»Hab ich vergessen«, sagte ich. »Irgendwas mit Kampf. Und was liest du?«

»Sait Faik.«

»Und was von ihm?«

»Wolken am Himmel.«

»Ist das gut?«

»Ich bin bis zur Hälfte.«

»Wenn du es durch hast, gib es mir.«

»Nur wenn du nicht reinmalst«, sagte sie. Das Buch gehörte nämlich ihrem Papa.

Nach dem Spiel kam Erhan zu uns. Er berichtete davon, wie er allein ein Tor geschossen hatte, indem er an allen vorbeigedribbelt war. Aber Aycan war nicht ganz bei der Sache. »Hab ich nicht gesehen«, sagte sie und ging.

Erhan blickte ihr abschätzig nach und spuckte dann auf den Boden. »Lüge«, sagte er. »Sie hat das ganze Spiel über hier gestanden. Sie hat es auf jeden Fall gesehen.«

»Vielleicht hat sie gerade woanders hingeguckt, als du geschossen hast«, sagte ich. »Warum sollte sie lügen?«

»Die Frauen sind so.«

»Sie ist ein dreizehnjähriges Mädchen.«

»Sie sind alle gleich.«

Wir gingen in den Hinterhof und setzten uns auf die Reifen. Erhan zündete eine Zigarette an. Ich kontrollierte die Umgebung. Es stand aber niemand auf dem Balkon, der uns hätte sehen können. Da nahm ich auch einen Zug.

Erhan sagte: »Ich werde sie anpacken.«

»Du spinnst.«

Er meinte, er würde seit einer Woche an nichts anderes denken und hätte schon einen Plan gemacht. Ich sollte sie in den Heizungskeller holen, da würde er sie anpacken. Ich war schon mal im Heizungskeller gewesen, weil die Mitgliederversammlungen der Genossenschaft da abgehalten werden. Mein Papa hatte mich mitgenommen, weil ich wissen wollte, was er da immer macht. Da war voll der Streit. Die Leute sind sich gegenseitig an die Gurgel gesprungen. Mein Papa riss mich in die Höhe und rief: »Ich hab schon meine Genossenschaftsanteile bezahlt, da war dieses Kind noch nicht auf der Welt!« Da guckten mich alle Genossenschaftsmitglieder an, als wollten sie mein Alter schätzen. Ich stand auf einmal im Mittelpunkt und lächelte stolz. Als wir nach Hause kamen, war meine Mama sauer auf meinen Papa, weil er mich nicht aus dem Streit rausgehalten hat.

Erhan drückte die Zigarette am Reifenrand aus und warf sie fort. »Die Kleine steht doch auf mich«, sagte er.

»Woher weißt du das?«, fragte ich ihn.

»Weil sie so tut, als interessierte sie sich nicht für mich. Von wegen sie hat mein Tor nicht gesehen. Pah! Und, holst du sie?«

»Nö.«

»Sie wird das auch mögen.«

»Woher weißt du das?«

»Frauen genießen es mehr als Männer.«

Ich fühlte mich irgendwie melancholisch. »Wenn Frauen es mehr genießen, warum sind wir dann immer die, die es wollen?«, fragte ich ihn.

Erhan lächelte und legte seine Hand auf meine Schulter. »Ach, Bruder«, sagte er. »Auf dieser Welt sind einige Sachen nicht in Ordnung. Mach dir da keinen Kopf drum. Jetzt sag doch mal, ob du sie holen gehst.«

»Wenn sie auf dich steht, warum soll ich sie dann holen gehen?«

»Wenn ich sie frage, kommt sie nicht.«

»Warum?«

»Mann, weil sie auf mich steht. Das will sie natürlich nicht zeigen.«

»Ich kann das nicht«, sagte ich.

Erhan war sauer und ging. Er wünschte mir, dass mich alle auf der Welt ficken, und meinte, er würde nie wieder mit mir reden. Als er weg war, fühlte ich mich mutterseelenallein. Ich begann, bei den Fußballspielen vom Rand aus zuzugucken. Weil nämlich im Fußballteam der Gözde Wohnungsbaugenossenschaft Erhan der Stürmer war, der Kapitän, der Trainer und eigentlich auch der Vereinsvorsitzende. Er war der Einzige, der mich überall reinholen konnte.

Ich ging nach Hause und versuchte zu lesen. Nach fünf Seiten langweilte ich mich. Orhan Kemal war sicher ein sehr guter Schriftsteller. Ich hatte nach fünf Seiten schon raus, dass es besser war als das, was in meinen Schulbüchern stand. Aber ich fand Lesen einfach Quatsch. Wenn jemand was erzählen will, also zum Beispiel etwas Spannendes, was ihm passiert ist, dann will ich, dass er direkt zu mir kommt und es erzählt. Wenn er es aber allen auf einmal erzählen will, dann soll er halt einen Film machen oder so. In Filmen lachen die Menschen, sie weinen, sie knutschen, und man kann alles sehen. Bei Büchern ist das nicht so, da gibt es nur so ein paar ungefähre Gefühle, aber die sind auch bei jedem Leser anders. Du musst ja die Bilder selber erfinden. Du versuchst, in deinem Kopf einen Film zu drehen, den du dann nicht siehst, und obwohl du überhaupt nichts sehen kannst, denkst du, du hättest alles gesehen. Außerdem können nicht alle zusammen ein Buch lesen. Aber einen Film in einem Kino können voll viele Leute sehen. Video kannst du auch noch mit mindestens drei Leuten zusammen gucken. Und natürlich kannst du einen Film mit deiner Freundin gucken und dabei Händchen halten. Du kannst auch knutschen, wenn du dabei nicht verpasst, was passiert. Das ist ein echtes Erlebnis. Ein Film fließt, ein Buch bleibt stehen. Wie dem auch sei. Damals war ich ein bisschen verwirrt im Kopf.

Ein paar Tage lang saß ich alleine auf den Reifen im Hinterhof. Irgendjemand hatte diese Autoreifen da hingeworfen und dann hat sie nie jemand weggeräumt. Letzten Sommer hatte Erhan die Idee, dass wir die Reifen verkaufen. Wir haben zwei zum Reifenmann gerollt, aber er wollte sie nicht kaufen. Dann waren sie uns zu schwer, um sie ganz zurückzurollen, und wir haben sie irgendwo am Straßenrand liegen lassen. Wenn jetzt Erhan bei mir gewesen wäre, dann hätte er eine Zigarette angezündet. Er hätte irgendwas gesagt oder irgendwas gemacht und ich hätte mich nicht so gelangweilt. Erhan war ein Kind, das nie stillhalten konnte. Er war nicht so ein Langweiler wie ich. Er war echt eine spannende Nummer. Ich fragte mich, wer denn jetzt mein Freund sein könnte. Ich ging alle Jungs in meiner Klasse einzeln durch. Da war niemand dabei. Ich war dazu verurteilt, allein zu bleiben. Das war sowieso mein Schicksal. Auch wenn ich manchmal mitspielen durfte, änderte sich daran nichts. Die andern spielten immer alle zusammen, und ich musste ganz alleine in meinem Tor warten. Und wenn ich dann einen Ball durchließ, waren alle sauer.

Jemand schlug mir mit der Hand fest in den Nacken. Ich drehte mich um. Es war Korhan Abi.

»Alles klar, Windelscheißer?«, sagte er.

»Wie das Leben halt so spielt.«

Er streckte seine Hand aus, als wolle er sie mir zum Gruß geben. Das kannte ich schon. Deswegen verschränkte ich meine Hände und krümmte mich zusammen. Korhan Abi richtete mich auf, nahm meine Hände auseinander und packte dann eine von ihnen. Wir begannen, unsere Hände zu schütteln. Meine Hand war in seiner völlig verloren. Jede Sekunde drückte er ein wenig fester zu. Dabei grinste er ganz fies.

»Korhan Abi, bitte hör auf«, sagte ich. »Du brichst mir die Hand. Dann kann ich nie wieder im Tor stehen.«

Er ließ meine Hand erst los, als mir Tränen in die Augen kamen. Ich spürte meine Hand nicht mehr. Ich massierte sie schnell. Es war aber nicht so schlimm wie damals, als er mir die Eier gequetscht hatte und ich die türkische Nationalhymne singen musste. Ich wischte mir die Tränen mit dem Handrücken ab. »Korhan Abi, warum tust du das jedes Mal?«, fragte ich ihn. »Hab ich dir was getan?«

»Musst du ja gar nicht«, sagte er. »Es ist schon schlimm genug, dass du überhaupt da bist.«

Es hätte keinen Sinn gemacht, mit ihm zu diskutieren. Korhan Abi fragte: »Wo ist der Hurensohn«, und quetschte alle Gewalt seiner Stimme durch das lange U.

»Erhan? Beim Fußballspiel.«

»Und warum bist du hier? Klar, weil du alle Bälle durchlässt. Du Niete!«

Nachdem Korhan Abi weg war, hielt ich meine Einsamkeit nicht mehr aus. Ich schluckte meinen Stolz und ging zum Fußballplatz. Vielleicht würde Erhan mich gegen Ende des Spiels einwechseln, weil ich doch die neuen Handschuhe hatte, dachte ich. Er sah mich, aber er tat so, als wäre ich nicht da. Der neue Torwart hatte bessere Reflexe als ich. Er hielt jeden Ball. Er wollte meine Handschuhe, aber ich gab sie ihm nicht. Nachdem er einen Ball zur Ecke abgefälscht hatte, klopfte Erhan ihm auf den Rücken und sagte: »Sauber! So eine erfahrene Nummer eins wie dich haben wir gebraucht.«

Ich hatte plötzlich einen Kloß im Hals. Ich wollte losheulen. Wieder kam Aycan und stellte sich neben mich. Sie hatte sich einen Pferdeschwanz gemacht. Damit sah sie viel besser aus als mit Zöpfen.

»Warum spielst du nicht?«, fragte sie.

»Kleine Sportverletzung.«

»Gute Besserung. Hast du ein Fahrrad?«

»Nein.«

Sie sagte, ihr Bruder habe ein Mountain Bike, aber sie dürfe nicht darauf fahren.

»Sei nicht traurig, Aycan«, sagte ich. »Wir leben sowieso nicht in den Mountains.«

»Wahnsinnig lustig.«

»Wenn es dir nicht passt, kannst du ja gehen«, schrie ich.

»Warum schreist du?«, fragte sie.

»Tut mir leid. Ich bin total matschig in der Birne.«

»Wegen Orhan Kemal?«

»Nein.«

Sie schaute mich an, als versuche sie zu verstehen, warum ich plötzlich anders zu ihr war. Dann ging sie weg. Nach dem Spiel kam Erhan. Zwischen uns war ein tödliches Schweigen.

»Du bist mein bester Freund«, sagte ich. »Warum bist du so zu mir?«

»Was ist denn dabei, wenn ich sie einmal anpacke?«, sagte er. »Du grabschst ja auch Esras Haare an.«

»Das ist nicht das Gleiche.«

»Wieso denn nicht? Anfassen ist anfassen.«

»Es ist nicht das Gleiche.«

»Dann halt nicht«, flüsterte er mir ins Ohr. »Aber ich sag ja nicht: Ich will ihr an den Arsch grabschen. Ich will nur ihre Titten anpacken.«

»Warum?«

»Weil ich da Bock drauf hab. Ich kann an nichts anderes mehr denken. Es ist echt schlimm geworden.«

»Und Korhan Abi?«

»Hör mir auf mit Korhan Abi. Den lass ich sowieso verprügeln.«

»Von wem?«

»Von dem Jungen über uns. Kemal Abi. Der geht in die zwölfte Klasse. Ist ein sehr Hilfsbereiter. Sein Vater ist Hauptkommissar.«

Er packte mich an den Schultern.

»Holst du sie?«

»Aber«, sagte ich, »ich kann doch nicht zu Aycan hingehen und sagen: Komm in den Heizungskeller. Wie soll ich denn das begründen?«

»Was weiß ich. Sag ihr, du willst mit ihr reden.«

»Über was denn?«

»Hat eure Lehrerin nicht gesagt, ihr sollt in den Winterferien ein Buch lesen? Sag ihr, du willst darüber reden.«

Also machten wir ab, dass ich Aycan ansprechen würde. Am nächsten Tag stand ich wieder im Tor. Da kam Aycan an und stellte sich neben die Steine. Erhan zwinkerte mir zu. Mein Kopf war wirklich total durcheinander, bei einer Bogenlampe, die hinter unserer Abwehr landete, verschätzte ich mich blöd und kam zu spät, um den Winkel abzuschirmen. So bekam ich ein Tor rein, das kinderleicht zu halten gewesen wäre. Das war unter meinem Niveau. Die Jungs aus der Mannschaft beschwerten sich wieder bei Erhan, warum er diese Niete ins Tor gelassen hatte.

»Sollen wir nach dem Spiel in den Heizungskeller gehen?«

Aycan strich ihre Haare hinter die Ohren und fragte: »Wieso?«

»Wir können uns unterhalten.«

»Worüber denn?«

»Was weiß ich, über Bücher und so.«

»Machen wir doch sowieso.«

»Stimmt«, sagte ich. »Vergiss es.«

Dann kam ein Dropkick, aber ich hielt ihn. Mit einem millimetergenauen Abschlag schickte ich ihn Erhan zu, der links frei stand.

Aycan fragte: »Triffst du dich manchmal mit Esra?«

»Nein«, sagte ich.

»Warum sitzt du dann hinter ihr?«

»Da war frei.«

Der Gegner startete einen Gegenangriff. Unsere Abwehr war löchrig. Wir schwiegen. Von der Strafraumgrenze kam ein Flachschuss, und weil ich mich nicht konzentriert hatte, ließ ich ihn abprellen, und irgendein Opportunist zwiebelte den Ball, den ich ihm auf dem Silbertablett serviert hatte, ins Netz. Bloß dass wir kein Netz hatten. Ich rannte los und holte den Ball, der unter einen Minibus gerollt war. Ich kam zurück.

»Es haben aber welche gesehen, wie du ihr in den Haaren rumgespielt hast.«

»Lüge!«, rief ich. »Das haben die einfach so behauptet!«

»Ehrlich?«

»Möge Allah mich strafen!«

»Ey, du Niete!«, schrien die anderen Jungs. »Jetzt rück endlich den Ball raus, statt rumzulabern. Du lässt schon wieder alles durch, was kommt.«

Ich schickte den Ball Richtung Mittellinie und schrie: »Von euch brauch ich keine Belehrung! Ihr greift an wie Ochsen und keiner kümmert sich um die Verteidigung!«

»Wenn du willst, komm ich mit …«

Ich starrte Aycan an. Weil das Wetter gut war, hatte sie ihren Mantel nicht an. Vorne an ihrem Pullover waren zwei schöne Hubbel.

»Aber wenn du keine Lust hast, komm lieber nicht«, sagte ich.

»Wenn du es möchtest, komme ich«, sagte sie.

»Warum?«

»Weil du ein netter Junge bist.«

Wir stiegen in den Keller, ohne dass der Hausmeister uns sah. Wir kamen in den großen Heizungskeller, wo Erhan schon in einer dunklen Ecke saß und auf uns wartete. Er warf seine Zigarette weg und näherte sich uns.

»Na?«, sagte er.

Aycan wurde nervös. »Na?«, sagte sie.

Erhan fragte auf einmal: »Was macht ihr denn hier?«

Aycans Stimme zitterte.

»Nix.«

»Wir wollten uns über Bücher unterhalten«, sagte ich.

Erhan schaute ungläubig. »Über was für Bücher denn?«

»Unsere Lehrerin wollte doch, dass wir was lesen.«

Erhan setzte sich auf den Vorsprung vor dem Heizungskessel. Wir setzten uns neben ihn. Aycan saß in der Mitte. Erhan sagte: »Ich lese auch.«

»Was liest du denn?«, fragte Aycan.

»Irgendwas mit Kemal.« Dann zeigte er auf mich. »Wir lesen es zusammen«, fuhr er fort. »Wie hieß noch mal dieser Kemal?«

»Korhan. Ach nee, Osman.«

Erhan hatte sich ganz schön an Aycan rangemacht und plötzlich streckte er seine Hand aus und griff nach Aycans Pullover, genau da, wo ihre linke Brust war. Er hielt sie fest. Aycan guckte mich an und versuchte zu verstehen, was los war. Erhan griff auch nach ihrer anderen Brust. Aycan guckte mich entschieden an. Erst als sie sah, dass ich ein ausdrucksloses Gesicht machte, drehte sie sich um und knallte Erhan eine. Erhan packte Aycan feste an die Schultern und näherte sich, als wolle er sie knutschen. Ich ging dazwischen. »Hör auf«, sagte ich.

Aycan stand auf und lief ein paar Schritte fort. Sie weinte. »Du Idiot«, sagte sie zu Erhan. Dann warf sie mir einen hasserfüllten Blick zu und rannte nach oben.

Die Tür von der Hausmeisterwohnung ging auf. Jemand schrie: »Was ist denn da los?« Erhan raunte: »Lass uns abhauen!«

Wir rannten los. Wir entflohen durch die kleine Hintertür und liefen zehn Straßenecken weiter. Ich hatte Seitenstiche. Ich hielt an, um Atem zu schöpfen. Erhan packte mich am Arm und wir sprangen über eine Gartenmauer. Wir lehnten uns an einen Pflaumenbaum.

Erhan sagte: »Die sagt das bestimmt Korhan Abi. Ganz bestimmt. Alles nur wegen dir.«

»Wegen mir?«

»Klar. Du hast sie doch in den Heizungskeller geholt. Sie hat sowieso immer nur mit dir geredet. Du hast sie verführt.«

Ich bekam einen ganz heißen Kopf. Ich richtete mich auf. »Ich hab sie aber nicht angepackt. Du hast sie angepackt!«, schrie ich.

Erhan richtete sich auch auf und sagte ganz selbstsicher: »Wir haben sie zusammen angepackt. Wenn Korhan Abi fragt, sagen wir, dass wir es zusammen waren.«

Ich griff Erhan an die Gurgel und schleuderte ihn mit dem Rücken an den Baum. Ich blickte in seine triefenden Augen. »Ich hab sie nicht angepackt!«, schrie ich.

Erhan biss mir in den Arm. Er holte voll mit der Faust aus und meine Lippe platzte. Als er schon fast aus dem Garten raus war, drehte er sich noch mal um. »Wir haben sie zusammen angepackt«, sagte er. Ich ließ mich wieder gegen den Pflaumenbaum sinken und heulte. Gegen Abend ging ich zu den Angestelltenwohnungen rüber. Esra sah mich vom Fenster aus und kam runter. Wir setzen uns vor die Hauswand. Sie nahm meine Hand, öffnete sie und füllte die Hälfte der Sonnenblumenkerne aus ihrer Handfläche in meine.

»Was liest du?«, fragte sie.

Ich spuckte einen Sonnenblumenkern aus und sagte: »Gar nichts. Ich bin ein total mieser Typ.«

»Ich lese Tschechow«, sagte sie.

»Ist der Franzose?«

»Nee, Deutscher.«

»Wie heißt das Buch?«

»Sämtliche Erzählungen Band 1, 1880-1884.«

»Krasser Name.«

Ihre Mutter putzte den Balkon. Als sie rief, ging Esra nach oben. Da machte es auch keinen Sinn mehr, weiter an der Hauswand zu sitzen. Aber ich hatte totale Angst, nach Hause zu gehen. Das Tageslicht schwand langsam. Erst als es vollkommen dunkel war, traute ich mich in die Wohnanlage. Ich guckte mich mehrmals um, bevor ich mich unserem Haus näherte. Dann rannte ich die Treppen hoch. Ich klingelte Sturm. Meine Mama machte auf und schrie mich an: »Du machst mich noch wahnsinnig. Warum klingelst du denn wie verrückt?«

Ich sagte nichts. Ich starrte meiner Mutter ins Gesicht und suchte nach einem Zeichen.

»Es gibt Blumenkohl.«

Wir gingen in die Küche. Meine Mutter schob mir einen Teller voll Blumenkohl vor die Nase. Und zwar einen jener blauen Teller, die sie für die Sammelmarken aus der Tageszeitung bekommen hat. Beim Brotschneiden fragte sie: »Bist du wieder den ganzen Tag hinter dem Ball hergerannt?«

»Nein, Mama, ich bin Torwart. Ich bin noch nie dem Ball hinterhergerannt. Ich stehe immer *vor* dem Ball. Jetzt versteh das doch mal endlich.«

»Was hast du denn? Bist du krank?«

»Ich hab nichts.«

»Warum guckst du denn so?«

Ich hörte auf, im Gesicht meiner Mutter nach einem Zeichen zu suchen. »Nichts«, sagte ich. Sobald ich meinen Teller leer gegessen hatte, verzog ich mich unter dem Vorwand, mein Buch lesen zu müssen, in die Rumpelkammer. Ich setzte mich auf die Truhe. Meine Mutter öffnete die Tür. »Lies doch im Wohnzimmer, hier ist es kalt.«

»Nein«, sagte ich, »da kann ich mich nicht konzentrieren.«

»Wie du willst«, sagte meine Mutter und schloss die Tür. Es war wirklich kalt in der Kammer, aber ich fror nicht. Meine

Ohren glühten. Ich begann, in der Kammer auf und ab zu tigern. Meine Mutter brachte mir heiße Milch und Kekse.

»Komm, setz dich ins Wohnzimmer. Ich stell auch den Fernseher leise.«

»Nein.«

Es klingelte an der Tür. Eine kalte Angst kroch aus meinem Magen in die Brust hoch.

»Wer mag das wohl sein um diese Zeit?«

Ich dachte, jetzt sei alles vorbei. Wie sollte ich noch einmal einem Menschen ins Gesicht blicken? Meine Lehrer und Mitschüler würden alle denken, dass ich ein Sittenstrolch war. Vielleicht musste ich sogar ins Gefängnis. Und dann Korhan Abi …

Es war mein Vater. Bestimmt hatte er von der Tat gehört und war sofort von der Arbeit nach Hause gekommen. Es war weder Sonntag noch Feiertag. Warum sollte er von der Arbeit nach Hause kommen, wenn nicht etwas ganz Wichtiges war? Ich spitzte die Ohren. Meine Mutter war auch besorgt. »Was ist, warum bist du zurückgekommen?«, fragte sie panisch.

»Streik.«

Ich fühlte mich so schuldig, dass ich nicht zu fragen wagte, was ein Streik war. Aber ich war mir sicher, dass es etwas mit der schlimmen Sache zu tun hatte, die wir getan hatten. Ich traute mich eine Woche lang nicht auf die Straße. Weil ich ganz blass geworden war, dachten meine Eltern, ich sei krank. Meine Mutter probierte Aspirin, Novalgin und alle anderen Mittel aus unserem Arzneischrank an mir aus. Mein Vater war den ganzen Tag zu Hause. Hin und wieder schaute ich unauffällig zu ihm herüber und suchte in seinem Gesicht nach Zeichen. Er sah besorgt aus, aber wenn er mich anschaute, lächelte er sanft. Ich wusste nicht, was das zu bedeuten hatte. Falls er es schon wusste, ließ er sich überhaupt nichts anmerken. Vielleicht hatte er etwas gehört, wollte aber ganz sicher sein, bevor er mich beschuldigte. Mein Vater beschuldigte mich nicht einfach so. Er war ein guter Mensch. Er war kein Mensch, der Mädchen in den Heizungskeller lockte, um sie dort seinen perversen Freunden auszuliefern. Er war nicht wie ich. Ich fragte nach dem Streik. Er blickte von dem kleinen Ofen auf, den er gerade reparierte, musterte mich fünf Sekunden lang in aller Aufmerksamkeit und nickte dann lächelnd, als hätte er in jenem Augenblick verstanden, was ich verbockt hatte. »Wir sollten einmal über alles reden«, sagte er. Sein Gesicht verfinsterte sich plötzlich und die Angst kroch mir den Rücken herunter. Er sprach mit harschen Gesten und wütender Stimme. Ich fürchtete mich sehr. Ab und an holte er Luft und fragte: »Hast du das verstanden, Großer?« Ich nickte, aber in Wirklichkeit verstand ich nichts. Je mehr er mit der Hand fuchtelte und plötzlich innehielt, unverhofft seine Augenbrauen zusammenzog und die Faust ballte, desto schlechter konnte ich zuhören. Vor lauter Angst, dass er auf mich wütend sein könnte, verstand ich nicht, wogegen sich seine Wut tatsächlich richtete. Klar war nur, dass er eine ganze Weile nicht zur Arbeit gehen würde.

Nachmittags klingelte es an der Tür. Ich wollte mich vom Balkon stürzen. Mein Vater wechselte gerade die Sicherungen im Kasten neben der Wohnungstür aus und sagte: »Mach mal auf!«

Ich blieb wie angewurzelt stehen. Meine Mutter war bei den Nachbarn.

»Sohnemann, jetzt steh doch nicht da wie der Ochs vorm Berg, sondern geh an die Tür!«

Ich hatte nicht die Kraft, einen einzigen Schritt zu tun. Mein Vater schimpfte kurz, stieg von seinem Stuhl und machte auf. Es war Erhan. Wir gingen in die Rumpelkammer. Erhan flüsterte: »Oh Bruder, wir müssen mit Aycan reden. Wir müssen erfahren, ob sie es Korhan Abi gesagt hat oder nicht.« Er konnte nachts ebenfalls nicht schlafen, er bereute seine Tat sehr, er wünschte sich, sie niemals angefasst zu haben, aber sie sei halt ein Flittchen und habe ihn total irre gemacht. Mein Papa brachte uns Tee und Kekse. Erhan unterbrach sich, und wir bedankten uns. Als mein Vater weg war, fragte er: »Wann redest du mit ihr?«

»Warum soll ich mit ihr reden?«

»Weil ihr in der selben Klasse seid. Ihr wohnt in der selben Siedlung. Du kennst sie besser. Auf dich ist sie nicht so sauer.«

»Ich kann das nicht.«

»Warum nicht?«

»Ich schäme mich.«

Erhan sagte: »Du musst unbedingt mit ihr reden.« Andernfalls könnten wir beide ins Gefängnis kommen. Im Gefängnis wurden Leute wie wir von den anderen Gefangenen mit Spießen gejagt. Er brachte Beispiele aus dem Film *Ramazan der Tatar*, den wir zusammen gesehen hatten. Er hatte recht. Ich sagte ihm, dass ich am folgenden Montag, dem ersten Tag nach den Ferien, mit ihr sprechen würde. Er freute sich und betonte, ich sei sein bester Freund. Die Geschichte könne die Freundschaft zwischen uns nicht zerstören. Dann ging er. Bis zum Abend dachte ich darüber nach, was ich Aycan sagen sollte. Ich probte in meiner Kammer.

Aber am Abend brach ein Donnerwetter über unsere Familie herein. Mein Vater wollte rausgehen. Meine Mutter stellte sich vor die Tür und breitete beide Arme aus. Sie wollte ihn nicht gehen lassen. Wo wollte mein Vater hin? Ob er sich vielleicht Korhan Abi und seine Familie vorknöpfen wollte, weil er dachte, sie verbreiteten falsche Anschuldigungen über mich? Meine Mutter war entschlossen, ihn nicht gehen zu lassen. Sie sagte, wenn er ginge, zerstöre er unsere Zukunft, dabei hätten wir noch nicht einmal die Genossenschaftswohnung abbezahlt. Mein Vater nahm seinen Anorak vom Kleiderständer und rief: »Lass mich durch!«

Meine Mutter riss ihm den Anorak aus der Hand und warf ihn auf den Boden. Sie stampfte mit den Füssen auf Papas Anorak.

»Nur über meine Leiche!«

»Lass mich durch!«

»Niemals!«

»Verfickte Scheiße, lass mich jetzt durch!«

»Verfickte Scheiße, ich lass dich nicht durch!«

Mein Vater und ich standen da wie verzaubert. Wir schauten meine Mutter an. Es war das erste Mal, dass sie geflucht hatte. Jedem Anfang wohnt ein Zauber inne.

»Hat die Gewerkschaft denn keine anderen Doofen als dich? Musst du die Menschheit retten?«

Mein Vater lehnte seinen Rücken an die Tür und fasste sich mit beiden Händen an den Kopf. Meine Mutter zog mich von der Wand weg. Ihre Hände waren wie Zangen. Ich dachte, sie reißt mir den Arm ab. Sie stellte mich vor meinen Vater. »Wenn ich dir egal bin, dann erbarme dich wenigstens dieses Kindes!« Ich bekam Panik. Was hatte ich denn getan, dass mein Vater sich erbarmen musste? Mein Papa rauchte bis in die Morgenstunden eine Zigarette nach der anderen.

Am nächsten Abend standen vor unserem Haus Männer und riefen etwas. Mein Papa ging auf den Balkon. Ich schlich ihm heimlich nach. Jemand rief nach meinem Vater. »Warte, ich komme«, rief mein Vater zurück. Meine Mutter stand schon wieder vor dem Türrahmen. Es war das gleiche Spiel wie am Vortag.

»Du musst mich zertrampeln, wenn du hier raus willst.«

Mein Vater schrie: »Du verstehst das nicht! Aus dem Weg!« Er packte meine Mutter am Handgelenk und schleuderte sie an die Wand. Er knallte die Tür. Meine Mutter weinte die ganze Nacht. Am Morgen weckte sie mich mit verheulten Augen. Sie machte mir Frühstück und schickte mich zur Schule. Es war der erste Tag im zweiten Halbjahr. Im Klassenzimmer traute ich mich nicht, in die Richtung zu schauen, wo normalerweise Aycan saß. Ich wusste nicht einmal, ob sie da war oder nicht. Esra drehte sich zu mir um. »Wie waren deine Ferien?«, fragte sie.

»Scheiße«, sagte ich.

Die Lehrerin ging die Anwesenheitsliste durch. Als Aycan mit zitternder Stimme »Hier!«, sagte, wollte ich vor Scham im Boden versinken. Als der Unterricht anfing, nahm die Lehrerin ausgerechnet mich zuerst dran. Ich musste nach vorne kommen. Sie fragte, was ich gelesen hatte.

»Etwas mit Brot.«

Die ganze Klasse lachte. Ich schaute, ob Aycan mitlachte. Sie blickte auf ihr Pult. Die Lehrerin fragte, ob ich krank sei.

»Ein bisschen«, sagte ich. »Es heißt, glaub ich, *Der Kampf ums Brot*.«

»Na dann hören wir mal lieber, was die anderen so gelesen haben.«

In der Pause kam Erhan.

»Hast du mit ihr gesprochen?«, fragte er.

»Nein.«

»Warum nicht?«

»Ich hab Angst.«

»Nimm deinen Mut zusammen«, sagte er. »Wir kommen sonst aus der Sache nicht raus. Ich kann nicht schlafen. Ich trau mich nicht raus. Ich kann keine Tore mehr schießen.«

Es verging ein Monat. Jeden Abend schwor ich mir, mit Aycan zu reden, und jeden Morgen gab ich den Vorsatz auf. Wegen der Geschichten, die Erhan erzählt hatte über all das, was uns im Gefängnis passieren könnte, wurde ich in meinen Albträumen Hunderte von Malen mit langen Spießen traktiert. In allen Klassenarbeiten schrieb ich schlechte Noten. Achtmal lief ich von der Schule fort und lief durch die Straßen wie besoffen. Vom Elternabend kam meine Mutter mit steinernem Gesicht zurück. »Er hat überall schlechte Noten«, sagte sie, »achtmal hat er die Schule geschwänzt.«

Sie hatte sich mit meinem Vater zerstritten, weil er Streikposten geworden war. Sie sprachen nicht mehr miteinander. Mein Vater bat mich, mich ihm gegenüber zu setzen, und fragte mich, was das Problem sei. Ich brachte keinen Ton heraus. Ich kann meinen Vater nicht anlügen.

»Ist es wegen dieser Esra?«, fragte er. »Die Tochter von Şerafettin dem Elektriker?«

»Nein«, sagte ich.

Mein Vater konnte sich höchstens eine unschuldige Liebesgeschichte vorstellen. Was für ein gutherziger Mensch. Wenn er ahnen würde, was ich getan hatte … »Mach dir nichts draus«, sagte er. Er begann von den Jahren zu erzählen, als er bei seinem Onkel in der Stadt wohnte, um die Mittelschule zu besuchen. Da gab es ein Mädchen, das er sehr liebte. In dem Alter, in dem er damals war und ich jetzt sei, würde man mit ganzem Herzen lieben, später ginge das gar nicht mehr, aber das sei jetzt nicht unser Thema, jedenfalls sei der Vater des Mädchens damals in eine andere Stadt versetzt worden, und sie sei weggezogen. Am Tag, als sie die Stadt verließen, habe mein Vater auf dem Taksimplatz gesessen und geweint. Auf diesem Wege erfuhr ich, dass der Taksimplatz in Istanbul war. Da dachte ich, ich hätte einfach noch viel zu wenig von der Welt gesehen.

Am nächsten Morgen wartete Erhan vor meiner Haustür auf mich. »Wenn du nicht mit ihr redest, mach ich das«, sagte er. Die Zweifel fräßen ihn innerlich auf. Keine Ahnung, wo er solche Ausdrücke herhatte. Auf jeden Fall wäre das der Grund, warum er vier Fünfen hatte.

»Du hast sowieso vier Fünfen«, sagte ich.

»Ich wollte mich verbessern«, schrie er. Die ganzen Winterferien über hätte er gelernt. Dieser Lügner!

»Okay«, sagte ich. »Heute rede ich mit ihr.«

»Versprochen?«

»Versprochen«, sagte ich. »Ehrenwort.«

Ich ging ins Klassenzimmer, schaute stur vor mich hin, hielt die Luft an und ging zu Aycans Platz. Ihre Sitznachbarin sagte, dass sie heute nicht gekommen sei. Dabei fehlte sie sonst nie. Ich hatte ein Riesenpech. Am nächsten Tag kam sie auch nicht. Am übernächsten auch nicht.

Erhan hatte sich ein wenig abgeregt. »Sie hat es bestimmt nicht gesagt«, befand er. »Wenn, dann hätte sie es längst gesagt. Wir haben sie sowieso nicht so viel angefasst.«

»Ich hab sie gar nicht angefasst, nur du!«, schrie ich.

Alle Schülerinnen und Schüler im Gang guckten uns an. Erhan riss mich am Arm und schleifte mich auf die Toiletten. Zu einem Typen, der da doof rumstand, sagte er: »Ist die Pausenaufsicht hier vorbeigekommen?«

»Nein«, sagte der Doofe.

Erhan zündete eine Zigarette an. Er blies mir den Rauch ins Gesicht und sagte: »Aber du hast sie geholt.«

Ich hatte einen Kloß im Hals. »Du hast gesagt, ich soll sie holen«, konnte ich nur sagen.

»Hättest du sie halt nicht geholt.«

Ich weinte.

»Ach Bruder, heul doch nicht«, sagte er und nahm mich in den Arm. »Du bist doch mein bester Freund.« Ich wischte mir die Augen ab. Je mehr ich mich zusammenriss, desto schlimmer wurde es. Am meisten musste ich heulen, weil ich mich so schämte, vor jemandem wie Erhan zu heulen. Um aus meinem Dilemma herauszukommen, nahm ich einen tiefen Zug von seiner Zigarette.

»Mach dir keinen Kopf«, sagte er. »Wir sagen einfach, wir haben sie aus Versehen angefasst.«

An jenem Abend kam mein Vater wild schreiend nach Hause. Ich dachte, jetzt hat er es rausgefunden, und versteckte mich hinter der Büchertruhe. »Wir haben gesiegt!«, schrie er. Er erklärte, dass der Streik vorüber war und sie einen Tarifvertrag aushandeln würden. Meine Mutter nahm ihn in den Arm und dankte Allah. All seine Freunde kamen, und zwar mit ihren Frauen und Kindern. Alle sprachen sehr aufgeregt durcheinander, und ich verstand wieder einmal nichts.

Mein Vater drückte mir Geld in die Hand und schickte mich zum alten Rasim eine Flasche Rakı holen. An die Tür seines Ladens hatte der alte Rasim ein Schild geklebt: »Geschäftsaufgabe: Nachmieter gesucht.«

»Na was ist das denn«, fragte er, »was hat denn dein Vater zu feiern?«

»Ich glaub, sie haben gewonnen.«

Der alte Rasim freute sich, als hätte er selbst gewonnen. Wegen des Streiks hatten alle bei ihm anschreiben lassen. Er gab mir zum Rakı noch eingelegte Gurken als Geschenk des Hauses dazu.

In dem Moment, als ich seinen Laden verließ, sah ich Korhan Abi. Ich wechselte auf die andere Straßenseite, aber es war zu spät. Er rannte mir nach, und an einer dunklen Straßenecke erwischte er mich. »Was rennst du denn weg, Windelscheißer?«, rief er und gab mir einen Schlag mit der flachen Hand in den Nacken. Dann packte er mich an den Schultern. Seine riesigen Hände waren wie Schraubstöcke. Er drückte zu, bis meine Knochen knackten.

»Bitte hör auf, Korhan Abi. Sonst fällt der Rakı hin. Ich schwöre, ich hab nichts gemacht.«

Wir starrten einander an. Er küsste mich auf die Wangen.

»Wir ziehen morgen um«, sagte er. »Mein Vater ist versetzt worden.«

»Wohin?«

»Nach Istanbul. Ins Finanzamt Küçükçekmece.«

Am nächsten Morgen sah ich auf dem Schulweg einen roten Laster, der vor der Wohnung stand. Sie hatten ihre Möbel schon verladen. Aycan stand neben dem Laster. Sie hatte ihr Haar zu einem Pferdeschwanz gebunden. Es glänzte in der Sonne. In diesem Moment war sie das schönste Mädchen von der Gözde Wohnungsbaugenossenschaft, von unserer Schule, das schönste Mädchen in unserer Stadt und sogar auf der ganzen Welt. Als sie mich sah, drehte sie sich weg. Ich lief ihr nach und berührte ihren Arm.

»Was ist?«, sagte sie.

»Äh dings …«, sagte ich.

»Was?«

Ich wollte mich entschuldigen, aber ich schämte mich so sehr, das Thema anzusprechen, sie an die Situation zu erinnern oder auch nur indirekt darauf einzugehen.

»Ich hab gehört, ihr zieht nach Istanbul.«

»Ja.«

»Da ist der Taksimplatz.«

Sie lächelte. Es war ein aufrichtiges Lächeln. Als ob gar nichts gewesen wäre und wir uns zufällig auf der Straße begegnet wären und hallo gesagt hätten. Alles Gute für deinen weiteren Lebensweg, Aycan, wollte ich gern sagen, ich wünsche dir, dass die Torhüter in Istanbul gutherziger sind als hier, ich wünsche dir, dass niemand dich fragt, ob du in den Heizungskeller kommen willst, damit seine Hallodri-Kumpels dich anpacken können. Das hab ich natürlich nicht sagen können. »Als mein Papa so alt war wie ich jetzt, hat er da gesessen und ganz schön geheult«, sagte ich.

»Warum?«

Ihre Mutter kam, und wir schwiegen. Sie prüften noch einmal, ob sie alles gut verstaut hatten. Korhan Abi, Aycan und ihre Mutter stiegen vorne ein. Ihr Vater war schon vorgefahren, um eine Wohnung anzumieten. Ich wollte zum Abschied noch winken, aber ich sah Aycan nicht. Am Fenster saß Korhan Abi.

Zwei Monate später wurde mein Vater aus der Fabrik entlassen. Angeblich wegen einer Wirtschaftskrise. Meine Mutter sagte: »Das hat mit der Krise überhaupt nichts zu tun«, und weinte. »Du hast dich einfach zu weit aus dem Fenster gelehnt. Alle Streikposten sind an einem Tag gefeuert worden. Alle Gewerkschafter haben sie gefeuert! Diejenigen, die zu Hause gesessen haben, während ihr euch geschlagen habt, sind jetzt fein raus. Ihr habt gekämpft, die haben gewonnen.«

Mein Vater sagte jedes Mal: »Hör auf, mich auch noch fertig zu machen«, aber meine Mutter meckerte und weinte noch drei Monate lang. Dann kamen die Sommerferien. Ich hab die letzten Klassenarbeiten noch ganz gut geschrieben und wurde in die achte Klasse versetzt. Aber natürlich ohne Dank und ohne Lob. Mein Papa bekam eine Abfindung, und mit dem Geld konnte er den Laden von Rasim Amca übernehmen. Ich besorgte mir einen

Bibliotheksausweis. Den ganzen Sommer über las ich Bücher. Gegen Ende der Ferien überkam mich, wahrscheinlich, weil ich so viel gelesen hatte, der Wunsch, diese seltsame Geschichte zu erzählen, die mir passiert ist. Der Wunsch wurde immer größer. So schrieb ich diese Geschichte. Sie ist gerade fertig geworden.

Jetzt haben wir Herbst. Überall sind die Blätter schön bunt. Wenn ich nachmittags aus der Schule komme, arbeite ich für ein paar Stunden im Laden. Dann geht mein Vater nach Hause und schläft ein paar Stunden. Er kann nämlich nachts nicht schlafen. Er sagt, das komme von den vielen Jahren Nachtschicht. Wenn ich alleine im Laden bin, kommt Erhan. Jeden Tag will er, dass ich ihm umsonst Zigaretten gebe. Ich hab total Angst, dass mein Vater merkt, dass so viele Päckchen fehlen. Aber Erhan sagt: »Ach Quatsch, der merkt doch nichts.«

Der Ruf des Meeres

An einem Freitagabend kam mein Vater von der Arbeit nach Hause und sagte: »Los, packt eure Sachen!« Ich war mit meinem Cornetto gerade so weit gekommen, dass ich an der Waffel knabbern konnte, und meine Mutter saß vor dem Ventilator und rauchte. Das war im letzten Sommer. Es waren anstrengende Tage mit vierzig Grad im Schatten. Solang es nicht absolut notwendig war, redeten wir nicht. Meine Mutter und ich schauten meinen Vater aufmerksam an und warteten auf seinen nächsten Satz.

»Wir fahren in Urlaub!«

»Wohin?«

»Auf die Insel!«

»Yabba-dabba-doooo!«, schrie ich.

Ich war sofort quicklebendig. Eine Woche zuvor hatte meine Mutter gesagt: »Alle sind schon längst im Urlaub, nur wir haben noch nicht einmal unsere Füße ins Meer gesteckt.« Dabei hatte sie die Betonung auf »Füße« gelegt und zu weinen begonnen. Unwillkürlich blickte ich auf meine eigenen Füße und musste fast selber weinen. Mein Vater ist ein feinfühliger Mann, und nach diesem emotionalen Konflikt gelang es ihm, auf der Arbeit fünf Urlaubstage durchzusetzen, also wenn man das Wochenende mitrechnet eine ganze Woche. Ich war so aufgeregt, dass ich nicht mitbekommen hatte, auf welche Insel wir fahren würden, aber auf jeden Fall würde es da Meer geben, auf Inseln ist ja an allen vier Seiten Meer, da kannst du reinspringen, wo du willst, das ist eine gute Sache. Typen wie Robinson Crusoe oder Freitag leben alle immer auf Inseln. Außerdem gibt es noch die Schatzinsel. Und natürlich *Lost.*

Außerdem war das Meer auf einer Insel bestimmt auch sauber. Wo wir wohnen, gibt es auch Meer, aber das ist voll dreckig.

Schlüsselanhänger, Zigarettenschachteln, Streichhölzer, Coladosen, einzelne Flip-Flops, unglaublich viel Zeugs schwimmt da rum. Es ist wie auf dem Flohmarkt, du findest alles, was du dir vorstellen kannst. Es ist voller Algen und widerlicher Quallen. Vorletzten Sommer waren wir ein paar Mal da, und meine Mutter konnte nicht ins Wasser, weil sie Angst vor den Quallen hatte. Ich hatte keine Angst vor den Quallen. Ich war ins Wasser gegangen, hatte eine mittelgroße Qualle in die Hand genommen und suchte gerade nach jemand Blödem, den ich mit der Qualle bewerfen konnte. Da kam meine Mutter angerannt und versetzte den ganzen Strand in Aufruhr. Sie meinte, Quallen kleben an der Haut fest, und wenn sie erst einmal festkleben, wird man krank. Sie erklärte das so mega panisch, dass es ihr gelang, ihre eigene Furcht auf mich zu übertragen. Meine neu erworbene Angst vor Quallen erklärte ich dann unter Zuhilfenahme von Gestik und Mimik eines Nervenkranken, der durch seine Ängste ernsthaft gestört ist, sofort meinem Vater. Mein Vater sagte, er habe Angst, dass ich zu einem Kind würde, das sich vor jedem kleinen Furz fürchtet. In unserer dreiköpfigen Kleinfamilie hat eben jeder seine Ängste. Dabei heißen wir mit Familiennamen Korkmaz, und das bedeutet furchtlos. Wenn ich an der Macht wäre, würde ich so was nicht zulassen.

Während meine Mutter den Koffer packte, stand ich mit in die Hüften gestützten Händen neben ihr. Das war der Moment, in dem sie mir diese furchtbare, qualvolle Frage stellte.

»Willst du deinen Eimer mitnehmen oder den Lastwagen?«

»Beides.«

»Beides geht nicht. Wir haben keinen Platz im Koffer.«

Ich nahm meinen Kopf zwischen die Hände und begann nachzudenken. Wenn ich ihr nicht bei der Arbeit in die Quere gekommen wäre, hätte sie mich vielleicht nie gezwungen, eine Wahl zu treffen. Den Lastwagen hatte mein Vater mir erst eine Woche zuvor gekauft. Wie lange ich den Eimer schon hatte, wusste ich nicht mehr. So weit ich zurückdenken konnte, war der Eimer stets unser Begleiter gewesen, wenn wir ans Meer fuhren. Mir war, als wäre es gar nicht mein Eimer, sondern ein Überbleibsel aus der Kindheit meiner Mutter oder meines Vaters.

»Nun entscheide dich schon!«

»Pack den Eimer ein, den Eimer.«

Alle fahren mit einem Eimer ans Meer, das ist ein ungeschriebenes Gesetz, so ähnlich wie dass man dort eine Badehose trägt. Aber der Lastwagen war voll neu, wie ein Kaugummi, das noch nicht seinen Geschmack verloren hat. Neue Spielsachen waren sowieso immer viel cooler als die alten. Dieses Gefühl kannte ich sehr gut. Vielleicht war es das Gefühl, das ich am besten kannte auf der Welt. Als ich in die zweite Klasse kam, dachte ich nämlich, dass es nach uns keine Erstklässler mehr geben würde. Als ich am ersten Schultag dann die ganzen neuen Erstklässler sah, war ich total fertig. Wie naiv ich gewesen war. In der dritten Klasse wäre ich dann bestimmt noch mal doppelt so fertig. Aber mit den Jahren würde sich dieser Schock vielleicht nicht mehr multiplizieren, sondern irgendwann dividieren. Das hat bestimmt etwas damit zu tun, dass man die nachfolgenden Generationen akzeptieren lernt. Man darf sich nicht für was Besonderes halten. Das ist zwar bitter, aber es hilft alles nichts. Eines Tages stirbst du, und das Leben geht einfach weiter. Zum Beispiel mein Opa ist tot, aber mein Vater lebt noch weiter. Das ist auch ein ungeschriebenes Gesetz.

Ich hatte also den Eimer gewählt, aber mit dem Kopf war ich noch beim Lastwagen. Es konnte zum Beispiel viel mehr Spaß machen, mit dem Lastwagen Sand zu transportieren. In der Woche davor hatte ich vom Balkon aus die Baustelle gegenüber unserer Wohnung beobachtet. Da waren Lastwagen gekommen und hatten Sand ausgeschüttet. Dann hatten Männer den Sand durch große Siebe geschaufelt und dabei furchtbar geschwitzt. Sie hatten Eisenstäbe geschnitten. Ich war allein zu Hause und schaute ihnen zwei, drei, vielleicht fünf Stunden zu, ohne dabei irgendetwas zu tun. Oder wenn Zigaretten rauchen etwas tun ist, dann hab ich ganz schön was getan. Bis mir schlecht wurde und ich zu würgen anfing, hatte ich bestimmt die Hälfte der Gästepackung Marlboro King Size weggeraucht, die auf dem Wohnzimmertisch lag. Ich bekam meine Gedanken weder so noch so geordnet. Im Kopf sprang ich hin und her. Wenn ich nicht den Eimer, sondern den Lastwagen mitnehmen würde, dann könnte ich am Strand so schöne Dinge damit machen wie zum Beispiel Sand transportieren, und der Lastwagen hätte zum ersten Mal Sand transportiert, er hätte vielleicht zum ersten Mal das Gefühl gehabt, zu etwas gut zu sein. Wie konnte es nur sein, dass ich daran nicht gedacht hatte? Als wir gerade an der Tür standen, um die Wohnung zu verlassen, beschloss ich zu sagen, dass ich meine Meinung geändert hatte.

»Halt, wartet! Halt! Moment mal, Leute! Stopp! Hallo?«

»Was ist denn jetzt passiert?«

»Lasst uns den Lastwagen mitnehmen, den Lastwagen, ja?«

Meine Mutter sagte, sie könne den Koffer nicht noch einmal aufmachen, mein Vater bemerkte, wir würden den Bus verpassen. Ich begann zu weinen. Vor lauter Wut darüber, dass ich diesen blöden Eimer gewählt hatte, während mein wunderschöner Lastwagen einsam herumstand, schlug ich mir mit den Fäusten auf den Kopf, sieben, acht, neun Mal. Mein Vater sagte: »Na los, hol ihm schon seinen Lastwagen.« Während sie sich murmelnd beschwerte, öffnete meine Mutter den Koffer. Acht Jahre alt zu sein, ist furchtbar. Muss man denn immer weinen und sich in der Luft zerreißen, um etwas durchzusetzen? Warum macht ihr diesen Koffer nicht auf, wenn ich wie ein vernünftiger Mensch darum bitte? Außerdem kommt jeder mal in Situationen, wo er sich nicht so gut entscheiden kann. Was war denn zum Beispiel bei meiner Beschneidungsfeier? Sie haben sich so oft umentschieden, ob sie jetzt diesen oder jenen Festsaal anmieten. Sollen wir alkoholische Getränke servieren oder nicht? Sollen wir die und die einladen oder lieber die anderen? Es war meine Beschneidung, aber nach meiner Meinung hat niemand gefragt. Als der Lastwagen im prallvoll gepackten Koffer den durch den Eimer freigegebenen Platz und sogar noch viel mehr eingenommen hatte, hörte ich zu weinen auf. Ich hasste mich selbst, weil ich geweint hatte, und ich hasste meine Eltern, weil sie mich gezwungen hatten zu weinen. Es wurde eine unruhige Fahrt, und ich konnte nicht schlafen. Ich lehnte meinen Kopf an die Scheibe des Fernbusfensters und wartete, bis wieder ein Schild mit den Kilometerzahlen sichtbar wurde. Ich kann mich nicht daran erinnern, eingeschlafen zu sein, doch als ich aufwachte, waren wir bereits auf der Fähre.

Am Morgen kamen wir in unserer Pension an. Nach dem Frühstück liefen wir zum Meer. Als ich sah, dass alle am Strand ihre Eimer und Schäufelchen dabei hatten, bereute ich meine Wahl ein weiteres Mal. In meinen Händen war nichts als ein absurder Lastwagen. Dieser Lastwagen, der mir zu Hause riesig vorgekommen war, wurde am Strand verschwindend klein und gab mir ein Gefühl der Ohnmacht. Wenn ich ihn vor- oder zurückschieben wollte, blieb er stecken. Ich konnte ihn auch nicht be- oder entladen, wo ich wollte, da der Strandsand ganz klebrig und klumpig war. Dann wollte ich meinen Lastwagen im Meer schwimmen lassen. Unter ging er zwar nicht, aber es sah schon ziemlich bescheuert aus. Nämlich so, als hätte ich eine Melonenschale ins Meer geworfen. Ich fühlte mich wie ein Umweltverschmutzer.

Ich war unendlich frustriert, ich hatte keine Lust und keinen Spaß mehr, meine Lebensfreude nahm bedenklich ab. Ich setzte mich hin und vergrub meinen Kopf in meinen Händen. So starrte ich aufs Meer. Die Wogen kamen bis an meine Füße heran und flossen wieder zurück. Ich vertiefte mich in den Klang, den die zurückweichenden Fluten auf den Kieselsteinen hinterließen. Meine Vorstellung war, erst einmal runterzukommen, mich innerlich zu sammeln, dann die Schwimmweste aufzupusten und ins Wasser zu gehen. Da kam ein Mädchen im

Bikini und stellte sich vor mich hin, genau in die Sonne. Sie war in meinem Alter. Sie war brünett, aber das Baden im Meer musste gemacht haben, dass ihr Haar ausgebleicht war und blond schimmerte. Und ich stehe auf Blondinen. Sowieso sagt mein Vater oft, dass ich genau so ein Schwerenöter sei wie er, und wenn er von der Schwerenöterei spricht, hebt meine Mutter ihre Augenbrauen und sagt lächelnd: »Das ist ja allerhand.« Sie macht sich über uns lustig. Irgendwie haben wir ihr nicht weismachen können, dass wir zwei Männer von unserem Naturell her Schwerenöter sind.

»Hast du keinen Eimer?«, fragte die Blonde.

Das war ein ganz mieser Anfang. In deinem allerersten Satz einem Menschen, den du noch gar nicht kennst, einen Mangel unter die Nase reiben, so was machen doch nur Frauen, die böse Absichten haben, Baby. Ich beantwortete ihre Frage nicht, sondern blickte teilnahmslos drein. Ich glaube nämlich an die Liebe auf den ersten Blick. Die Liebe auf den ersten Blick ist so eine Sache, bei der zwei Menschen einander erst einmal überhaupt nicht fragen, ob sie denn keinen Eimer haben. Sie schauen sich einfach nur an, einen Augenblick lang, dann sagen sie hallo und stellen sich beide mit Namen vor, dabei macht eine der beiden Parteien einen kleinen Scherz, und die Beziehung beginnt. Außerdem hab ich wohl einen Eimer, nur ist der zu Hause geblieben, Süße. Und ich muss dir ja wohl keine Rechenschaft darüber ablegen, dass ich einen Eimer habe, ihn aber extra zu Hause gelassen hab.

»Wollen wir zusammen spielen?«

Sie schwenkte ihren Eimer und zeigte mir ihr Schäufelchen. Sie wollte mich überzeugen, dass sie keine bösen Absichten hatte. »Na gut«, sagte ich. »Von mir aus. Wie heißt du?«

»Sedef.«

»Familienname?«

»Kaşıkçı.«

»Mein Name ist Osman. Osman Korkmaz. Mein Onkel sagt immer: Ihr habt dem Jungen so einen richtigen Hadschinamen gegeben. Dann ärgert sich mein Vater, weil er den Namen seines seligen Vaters, also von meinem Opi, genommen hat.«

»Was ist ein Hadschiname?«

»Ein Name, der zu einem Hadschi passt, ist ein Hadschiname, okay?«

»War dein Opa ein Hadschi?«

»Nein. Sein Name war ein Hadschiname.«

»Hieß dein Opa jetzt Hacı?«

»Nein, er hieß Osman. Aber sein Name war hadschimäßig. Ist auch egal. Lass uns über was anderes reden. Ich wollte eigentlich nur einen kleinen Scherz machen, weißt du …«

Ich nahm das Schäufelchen. Erst hoben wir eine blöde Grube aus, dann warteten wir darauf, dass eine Welle kam und die Grube mit Wasser füllte. Dann ließen wir das mit dem Ausheben und machten uns ans Aufbauen. Wir füllten den Eimer mit Sand, drehten ihn um, schlugen patt patt oben drauf und zogen ihn weg. Daneben machten wir dann noch einmal das Gleiche. Dann wollten wir ein zweites Stockwerk darauf setzen, aber es hielt nicht. Dann machten wir das untere breiter, weil das Fundament ja immer das Wichtigste ist. Am Ende haben wir dann ein zweistöckiges Bauwerk hingekriegt. Alles, was am Strand gebaut wird, heißt ja immer gleich Sandburg, aber unsere sah eher aus wie die Ruine eines Bauwerks, das einmal als Sandburg errichtet worden war. Eine Sandburg, die ihren historischen Glanz schon lange verloren hatte. Eine Burg, auf deren zerbröselten Zinnen Penner aus Sand billigen Wein tranken, während am Fuß der Gemäuer Köter aus Sand hinpissten, eine Burg, wo alles voll war mit Müll aus Sand und einige verirrte Touristen aus Sand genervt waren, für so einen Mist so weit gefahren zu sein. So war das.

»Habt ihr ein Auto?«

Soll ich dir vielleicht eine Auflistung unserer Besitzstände vorlegen, damit du nicht alles einzeln abfragen musst?, hätte ich ihr zu gern geantwortet. Während ich einen Miniaturburggraben aushob, an dem sich die Wellen brechen konnten, die gegen die Mauern unserer Sandburg schlugen, sagte ich: »Früher schon, aber letztes Jahr mussten wir es verkaufen.«

»Warum?«

»Wegen der Wirtschaftskrise. Sie sind mit den Benzinpreisen nicht mehr hinterhergekommen. Mein Vater würde gern ein Auto mit Gasantrieb kaufen, aber meine Mutter will das nicht, weil sie meint, Gas stinkt. Ich will das auch nicht. Das geht bestimmt in die Luft. Gott behüte!«

Ich fuhr mit meinen Restaurationsarbeiten an der Burg fort und schob den Lastwagen vor das Gebäude. Ein kleines Ding mit Sonnenmilch auf den Schultern und einer Mütze auf dem Kopf kam angerannt und pflanzte sich vor uns hin. »Wo sind die Kühe?«, fragte es. Ohne eine Antwort auf diese bescheuerte Frage abzuwarten, begann es zu zählen: »Acht, eins, zwei, drei, vier, fünf, sechs, sieben, null, neun ...« Beim Zählen rannte es mehrere Runden um uns und unsere Burg herum. Solchen Leuten brauchst du nur irgendwas zu geben, wo sie drum herum laufen können, und schon sind sie von morgens bis abends damit beschäftigt, ihre Kaaba zu umkreisen wie ein Hadschi.

»Wo sind die Kühe? Es gibt so Kühe, die sind schwarzweiß gestreift. Die haben einen Schwanz. Es gibt drei Kühe. Wo wir vorbeigefahren sind, gibt es drei Kühe.«

Dann ließ es die Kühe Kühe sein und zählte wieder eine Runde. Nach dem Zählen fragte es: »Und, war das gut? Hab ich gut gezählt? Ich kann schon zählen.« Es hielt nicht einen Augenblick lang seinen Mund. Vielleicht wusste es einfach noch nicht, dass auf dieser Welt bereits der Dialog erfunden war. Sedef sagte: »Du musst die Null nach vorne holen, und nach der Sieben kommt die Acht. Jetzt geh zur Mama.« Als sie ihre Hand hob, als wolle sie es hauen, lief das kleine Ding weg und heulte.

Eine Frau mit großen Brüsten kam und setzte das kleine Ding wieder neben uns. »Lass doch deinen Bruder mal mitspielen«, fuhr sie Sedef an. Eine Weile blieb sie bei uns stehen, damit wir den Kleinen nicht hauten, dann ging sie fort. Sedef und ich sprachen kein Wort über diese Frau mit den riesigen Brüsten. Vermutlich war sie ihre Mutter. Der Kleine wollte meinen Lastwagen, ich gab ihm den nicht, weil er mir nicht vertrauenswürdig erschien. Erstens war das Kerlchen so winzig, dass es kaum stehen konnte. Er war einer von diesen Typen, die keinen einzigen geraden Satz herausbrachten, nur Stumpfsinn von sich gaben, total verwirrt im Kopf und unheimlich emotional dabei. Die Generation Strandkind halt. Als er den Lastwagen nicht bekam, fing er wieder an zu heulen. Am Ende stieß er die Faust in unsere Sandburg und brachte das zweite Stockwerk zum Einstürzen. Ich wollte ihn grün und blau schlagen, aber das wäre Sedef gegenüber unhöflich gewesen. Also limitierte ich mich damit, ihn gegen den Arm zu boxen (sich limitieren heißt so viel wie sich beschränken). Er fing wieder an zu heulen. Seine Mutter kam, nahm das kleine Ding in den Arm und drückte es an ihre Brüste.

Der Kleine hatte das obere Stockwerk so gründlich zerstört, dass auch das Fundament Schaden genommen hatte und wir das gesamte Gebäude einreißen und wieder aufbauen mussten. Wieder kam die Mutter, diesmal schmierte sie Sedefs Schultern mit Sonnenmilch ein. Weil sie dachte, ich fände das bestimmt ganz toll, schmierte sie mir auch ein bisschen was drauf. Ihre Hände waren, anders als ihre Brüste, ganz zart. Sofort kam meine Mutter angelaufen und inspizierte unauffällig die Sonnenmilch auf meinem Rücken.

Als meine Mutter weg war, fragte Sedef: »Bist du ein Einzelkind?«

»Ja«, sagte ich. »Heutzutage ist ja jeder Einzelkind.«

»Ich nicht.«

»Du vielleicht nicht, aber die meisten Kinder von heute schon. Wenn in Zukunft ein Krieg ausbricht, werden wir ganz bestimmt verlieren.«

»Warum?«

»Weil nicht genug Kinder da sind, um zu kämpfen. Alle haben ihr Kind ja so ganz besonders lieb, dass sie es nicht in den Krieg ziehen lassen wollen. Und selbst wenn sie unter Zwang eingezogen werden, sind Einzelkinder so egoistisch, dass sie immer von den anderen beschützt werden wollen und sich nicht aus ihrer Deckung hervorwagen. Dann kriegen sie Schiss und laufen weg, und alles wird ganz schlimm. Auf jeden Fall verlieren wir. Auf jeden Fall.«

Da Sedef nicht antwortete, vertiefte ich meine Ausführungen nicht. Offensichtlich hatte sie wie die meisten Mädchen kein Interesse an Fußball und Politik. Meine Mutter und mein Vater gingen ins Wasser und sagten zu mir: »Setz dich mal eine Weile in den Schatten unter dem Sonnenschirm.«

»Nein«, antwortete ich, »ist alles gut.«

»Dann mach wenigstens deinen Kopf nass.«

»Okay.«

»Und hab ein Auge auf unsere Taschen, damit sie nicht gestohlen werden.«

»Okay, okay. Schwimmt nicht zu weit raus.«

Nachdem wir die Burg erneuert hatten, beschlossen wir, ins Meer zu gehen. Ich blies meine Schwimmweste auf, und Sedef zog ihre Schwimmflügel an. Wenn ich ins Meer will, stürz ich mich mit einem Mal rein, das ist so meine Art. Sedef stürzte sich auch mit einem Mal rein. Um ihr zu imponieren ging ich so weit raus, dass ich nicht mehr stehen konnte. Dann schwamm ich ganz außer Puste zurück. Ihr kleiner Bruder kam und stand wieder neben unserer Burg, während wir im Wasser waren. Wir liefen sofort zu ihm hin und taten dabei so, als würden wir Steine auf ihn werfen. Er rannte heulend fort. Wir dachten gerade, wir könnten uns wieder entspannen, da kam so eine eingebildete Tussi daher und trat einfach in unsere Burg rein wie ein Pferd. Und dann benahm sie sich noch so, als wären wir schuld: »Alles ist voll mit diesen Burgen, Mann!« Ey, statt dich künstlich aufzuregen, dass Leute Sandburgen bauen, versuch du doch einfach mal, deine Augen aufzumachen, Dumpfbacke! Wir bauten die Burg vom Fundament her noch einmal auf. Um sie zu sichern, beschlossen wir, dass immer nur einer ins Wasser geht und der andere neben der Burg Wache hält.

»Geh du zuerst, Sedef.«

»Nein, geh du nur, lieber Osman, ich warte hier auf dich.«

»Gut.«

Ich sprang wieder in die Fluten. Als meine Mutter aus dem Wasser kam, sagte sie: »Du wolltest doch auf unsere Taschen aufpassen.« Andauernd halsen sie mir Verantwortung auf. Ich weiß gar nicht, was sie ohne mich machen würden. Habt ihr jetzt ein Kind in die Welt gesetzt oder einen Sicherheitsdienst? Nach einer Weile verließ auch Sedef ihren Wachposten und schwamm zu mir.

»Warum bist du hier?«, fragte ich.

»Ich konnte dem Ruf des Meeres nicht länger widerstehen«, sagte sie.

»Und wenn unsere Burg geschleift wird?«

»Dann machen wir eine neue.«

Wir bauten unsere Sandburg achtmal wieder auf. Zweimal hat der Kleine sie kaputt gemacht, zweimal ist jemand aus Versehen draufgetreten, während wir im Wasser waren, einmal wurde sie von einer Welle erfasst, einmal ist ein armer Hund, den jemand mit Gewalt ins Meer schleifen wollte, seinem Besitzer ausgerissen und hat sich, verwirrt wie er war, auf die Burg gestürzt, und einmal hat ein richtiges Arschloch voll dagegen getreten. Als wir das zweite Stockwerk zum achten Mal errichteten, schaute ich Sedef an.

»Warum hast du eigentlich das Oberteil vom Bikini angezogen?«, fragte ich sie.

»Ich bin ein Mädchen.«

»Das seh ich, aber du hast doch noch gar keine Brüste. Dann brauchst du auch das Oberteil nicht anzuziehen. Oder bildest du dir ein, du hättest schon Oberweite?«

Sedef ging weinend fort. Ich konnte sehen, wie sie ihren Eltern erzählte, was passiert war. Ich lief sofort zu unserem Sonnenschirm, damit ihr Vater mich nicht schlug. Ich hab schließlich auch Eltern, schutzlos bin ich nicht.

Mein Vater fragte: »Willst du lieber einen Maiskolben oder Esspapier?«

»Kann ich nicht beides auf einmal haben?«

»Nein.«

»Ich will ein Max.«

Meine Mutter fragte er: »Willst du auch etwas, Schatz?« Toll, sie darf sich aussuchen, was sie will, wie beim Frühstücksbüffet, und ich muss mich mal wieder zwischen zwei Sachen entscheiden. Ich hasse das. Mein Vater nahm mich mit zu dem Kiosk auf der anderen Straßenseite. Er holte sich ein Bier, meiner Mutter ein Sodawasser und mir ein Max mit Erdbeer. Nachdem ich die letzten Stücke vom Stiel gelutscht hatte, schaute ich nach Sedef und ihrer Familie. Sie hatten gerade ihren Sonnenschirm eingeklappt und wollten gehen, das kleine Ding heulte schon wieder, wer weiß, aus welchem Grund diesmal. Ich sagte zu meinem Vater: »Gib mal nen Schluck, mir gehts gerade echt dreckig.« Meine Mutter schaute entsetzt. Mein Vater lächelte und hielt mir das Bier hin. Ich wollte es gerade runterkippen, da sprang meine Mutter auf und riss mir die Flasche aus der Hand. Sie verzog ihre hübschen Augenbrauen und musterte meinen Vater und mich mit dem gleichen Blick, ganz so, als wären wir beide acht Jahre alt. »Seid ihr bescheuert?«, fragte sie. Wir gaben ihr keine Antwort. Ich hab sowieso das Gefühl, dass mein Vater und ich meistens an der gleichen Front gegen meine Mutter kämpfen.

Am Abend saß ich auf dem Rasen vor der Pension. Aus der Ferne klangen das Klacken der Okey-Steine und plötzlich anschwellendes Gelächter herüber, begleitet vom routinierten Chor der Zikaden. Junge Frauen, die ihre Jeans abgeschnitten und zu Hotpants gemacht hatten, zogen an mir vorbei, und da sie keine Ausgehtaschen mitgenommen hatten, trugen sie ihre

Portemonnaies und Handys in der Hand. Vom Meer her wehte ein angenehm frischer Wind, der abkühlte, ohne dass es einen nach einem Jäckchen verlangte. »Ist das etwa Urlaub?«, dachte ich bei mir. Ich blickte mich aufmerksam um. Es gab nichts Bemerkenswertes in meiner Umgebung. Nicht einmal eine Katze. Tagsüber war das mit dem Strand ja ganz witzig, aber abends dafür umso langweiliger. Am Ende sind auch Esspapier und Maiskolben nur eine Weile spannend. Der Mensch sehnt sich nach neuen, ungeahnten Genüssen. Aber mir geben sie ja weder Bier noch Zigaretten. Backgammon spielen sie auch nicht mit mir, weil ich angeblich zu langsam spiele und meine Züge an den Fingern abzähle. Auch beim Okey darf ich nicht mitzocken, obwohl ich schon alle Regeln kenne. Und Taschengeld? Wenn nicht gerade ein hoher Feiertag ist, hab ich drei Lira in der Tasche, höchstens mal fünf. Als ich das alles so überdachte, verlor ich schon wieder alle Lust und jeden Spaß. Gerade bemühte ich mich, an etwas anderes zu denken, um mich nicht in diese Stimmung reinzusteigern, da kam Sedef und setzte sich neben mich. Wir wohnten in der selben Pension. Sie waren gerade von ihrem Abendspaziergang zurückgekehrt.

Völlig unvermittelt fragte sie: »Was war der unglücklichste Tag in deinem Leben?« Las dieses Mädchen meine Gedanken? Ich schaute sie an. Ihre Augen changierten zwischen braun und grün und erinnerten an die Farbe von Waldhonig. Im matten Schein der Straßenlampe, der auf den Rasen vor der Pension fiel, blitzten sie wie Laserstrahlen.

»Warum guckst du so?«

»Nur so«, sagte ich.

»Warum sagst du nichts?«

»Ich denke nach.«

»Worüber?«

»Was ich dir erzählen soll.«

Vielleicht sollte ich ihr vom ersten Tag in der zweiten Klasse erzählen, als die neuen Kinder plötzlich viel cooler waren als die alten, als ich fürchtete, meine Einzigartigkeit zu verlieren. Ich hätte ihr von meiner Panik erzählen können, doch ich entschied mich dagegen. »Ich halte nichts vom Unglücklichsein«, sagte ich.

»Warum?«

»Es gibt einfach zu viele unglückliche Menschen.«

Sedef hielt sich nicht lange mit meinen Gedanken auf, sondern erzählte sofort von dem Tag, an dem sie am unglücklichsten war. Ich glaube, sie hatte sich die Frage selbst gestellt. Nur aus Höflichkeit wollte sie zuerst meine Antwort hören. Am unglücklichsten war sie jedenfalls an dem Tag gewesen, an dem ihre Tante geheiratet hatte. Als das Brautpaar verschwunden war und sie plötzlich ganz alleine dastand.

»Wieso alleine?«

»Ich war plötzlich die Einzige im Brautkleid.«

»Aaaah … Warst du etwa eines von diesen Kindern, die sie als kleine Braut herrichten? Dazu hast du dich überreden lassen? Das hättest du dir doch denken können.«

»Ja«, sagte sie. »Das hätte ich mir denken können. Aber die Leute erzählen dir eine Menge Lügen. Obwohl du überhaupt nicht diejenige bist, die heiratet, behandeln sie dich voller Ernst so, als wärst du die Braut. Aber wenn die Hochzeit vorüber ist, stehst du plötzlich vor der Wahrheit. Du fühlst dich wie eine Braut, die am eigenen Hochzeitstag stehengelassen wird. Vielleicht ist es sogar noch schlimmer. Wie eine Braut, die am Hochzeitstag einer anderen einfach stehengelassen wird. Es ist ja nicht deine Hochzeit.«

»Sind das deine eigenen Worte?«

»Wie meinst du das?«

»Du redest wie meine Mutter.«

»Haben sie deine Mutter auch als kleine Braut hergerichtet?«

»Nein. Meine Mutter ist neununddreißig.«

Sie schaute mich fragend an. Ich ging nicht darauf ein. Meistens gibt es mehr Dinge, die ich dann doch nicht sage, als Dinge, die ich sage. Ich will den Menschen nicht das Herz brechen.

»Die Hochzeit meiner Tante ist jetzt sechs Monate her. Immer noch erzählen sie, wie ich nach der Hochzeit geweint hab, und dann lachen alle. Hoffentlich kriegt sie keine Kinder. Ich bete jeden Abend Subhanaka allahumma.«

»Warum?«

»Damit sie keine Kinder kriegt. Ich werde auch noch den Thronvers auswendig lernen, der soll noch besser helfen.«

»Mach dir nicht so einen Kopf darum.«

»Wieso nicht?«

»Stress kann tödlich sein. Deswegen fahren auch alle immer in Urlaub.«

Ihr Bruder kam. »Was ist ein Aufschneider?«, fragte er.

»Ein Aufschneider ist jemand, der den Kindern den Blinddarm rausnimmt, wenn er weh tut«, sagte ich. »Und jetzt lauf zu deiner Mama.«

»Nein«, sagte Sedef. »Ein Aufschneider ist das Gerät, mit dem Mama immer die Suppendosen kocht. Und jetzt lauf zu Mama.«

Das kleine Ding zog ab, ohne zu heulen. Er hatte sich daran gewöhnt, erniedrigt zu werden. Wenn wir zu den Kleinen nicht so grausam wären, vielleicht würden uns die Großen dann auch nicht so grausam behandeln, dachte ich. An einem Punkt musste man ja anfangen mit dem Erbarmen. Aber um sich erbarmen zu können, musste man eine ganze Menge Doofheit ertragen können. Sedef sagte, dass ihre Familie am folgenden Tag abreisen würde. »Wartet hier«, sagte ich, ging den Lastwagen holen und gab ihn dem Kleinen als Abschiedsgeschenk. Seine unmittelbare Reaktion war, dass er in die Stoßstange biss, aber man sah, dass er sich auch freute.

Als meine Mutter am nächsten Morgen die Strandtasche packte, fragte sie: »Wo ist denn dein Lastwagen, der Lastwagen?« Ich erklärte ihr die Situation und sie fing an zu meckern. Sie meinte, dass ich nicht auf meine Sachen aufpassen kann. Sie gab Beispiele von meinen Cousins, die ihre Fahrräder selbst reparierten, die sie jeden Tag wuschen und niemanden damit fahren ließen. Das heißt, du willst also, dass ich genau so ein Egoist werde wie die?, wollte ich sagen, verkniff es mir aber. Als wir am Strand ankamen, bereute ich von allein, den Lastwagen verschenkt zu haben. Kein Eimer, kein Lastwagen, kein Garnix. Ich saß einfach nur doof in der Gegend rum. Mein Vater kam zu mir und fragte, warum ich so traurig da saß, und ich erklärte ihm meinen Mangel an Ausrüstung. Er nahm mich bei der Hand und ging mit mir zur nächsten Apotheke. Ich liebe die Apotheken in Urlaubsorten. Sie verkaufen alles außer Medikamente.

Mein Vater fragte: »Soll ich dir einen Eimer kaufen oder eine Luftmatratze?«

Schon wieder das gleiche Dilemma. Meine Eltern gönnten mir keinen Moment lang die Vorzüge des Einzelkinddaseins. Wir hätten ja auch drei Geschwister sein können. Dann hätte eines sich einen Eimer gewünscht, eines einen Lastwagen, und eines eine Luftmatratze. Das hätt ich gern mal gesehen.

»Kauf mir eine Taucherbrille«, sagte ich. Ich nahm sie sofort aus dem Karton und setzte sie auf. Auf dem Rückweg zum Strand sagte mein Vater: »Setz sie doch beim Gehen ab, du kannst sie ja im Wasser aufsetzen.«

»Nee, das macht auch so voll Bock«, sagte ich. »Wenn man sie auf dem Festland trägt, fühlt man sich wie ein Pilot. Alle gucken mich an.«

Ich setzte die Brille nicht ab, bis wir abends in der Pension ankamen. Nur manchmal schob ich sie mir auf die Stirn, nur für kurz. Am Ende, als ich duschen sollte, gab meine Mutter mir einen Klaps auf den Arm und nahm mir die Brille ab. Rund um meine Augen waren Druckstellen.

Lange nach dem Urlaub, als es schon Herbst wurde, hatte ich einen abgefahrenen Traum. Ich hing von außen an unserem Balkon und klammerte mich an den Eisengittern fest. Ich konnte mich nicht über die Brüstung hochziehen. Jeden Moment konnte ich in die Tiefe stürzen. Genau an dem Punkt, als die Kraft in meinen Armen mich verließ und meine Hand vom Gitter rutschte, wachte ich auf. Ich dankte Gott. Später hatte ich den gleichen Traum noch einmal. Aber diesmal war es nicht unser Balkon, sondern einer der Balkone auf der Baustelle gegenüber. In beiden Träumen dachte ich die ganze Zeit: Oh Mann, hätt ich mal jetzt meine Taucherbrille auf. Als ob die Brille mich gerettet hätte. Im Traum kommt der Mensch auf die absurdesten Ideen.

Als der Winter kam, hatte ich Sedef ganz und gar vergessen. Besser gesagt, ich hatte so oft an sie gedacht, dass ich sie vergessen hatte. Es war so, als wäre gar nichts zwischen uns gewesen. Als wäre sie ein banaler Urlaubsflirt gewesen. Sedef war zu einem jener Gespensterfreunde geworden, an die man nur denkt, wenn jemand zufällig ihren Namen erwähnt. Es war, als hätten wir nie einen ganzen Tag am Strand zusammen Sandburgen gebaut, als hätten wir gar nicht auf dem Rasen vor der Pension nebeneinander gesessen und geredet, als hätten wir nie zu den Sternen hochgeschaut und dabei die Frage in uns wachsen gefühlt, woher die Wunder des Weltalls kommen. Jemanden zu vergessen tut anders weh als jemanden zu vermissen. Jemanden zu vermissen ist eher eine Melancholie im Herzen, aber das Vergessen ist ein dumpfer Druck auf das Hirn. Ich meine dieses Gefühl, dass man einen Menschen früher oder später zwangsläufig vergisst. In den Momenten, in denen man sich klar macht, dass man schon mitten dabei ist, wird das Hirn ganz taub von diesem Druck. Weißt du, wenn dieser Mensch sich Stück für Stück auflöst in einer Masse unzusammenhängender Fragmente von Erinnerung. Vielleicht weiß ich auch gar nicht, wovon ich rede, sondern bin einfach nur traurig. Ein Kummer ohne Eigenschaften.

Im Februar fiel richtig fieser Schnee, und es gab sogar schulfrei. Ich ging zu meiner Mutter und bat sie um den Strandeimer.

»Was willst du denn jetzt mit einem Strandeimer?«

Was geht dich das denn an, was ich mit dem Eimer will, ist das jetzt nun meiner oder nicht? Gib schon her. Ich bekam feuchte Augen und konnte nichts sagen.

»Junge, was willst du mit diesem Eimer?«

»Ich will Schnee reintun.«

Meine Mutter sagte: »Den kann ich dir jetzt nicht aus dem Schrank holen.« Ich ging sauer ins Schlafzimmer. Ich fing an, in den Schränken zu wühlen, um die Strandsachen zu finden. Irgendwann kam meine Mutter, beschwerte sich ein paar Mal und gab mir den Eimer, nur damit ich ihr nicht den ganzen Schrank durcheinander brachte. Ich forderte auch meine Taucherbrille. Da sie nun einmal die Reisetasche mit den Strandsachen aufgemacht hatte, gab sie mir auch die heraus. Im Garten setzte ich meine Brille auf. Ich füllte den Eimer mit Schnee. Ich baute eine Schneeburg. Die Matschreste am Rand machte ich fein säuberlich ab. So wurde die Burg ganz weiß. Das war das letzte Mal, dass ich an Sedef dachte. Ich dachte an den unglücklichsten Tag in ihrem Leben. An die Grausamkeit der Menschen. An ein Mädchen, das in einem ganz weißen Brautkostüm in voller Aufmachung dastand, ihre Träume zerbrochen. An dieses Mädchen mit den Laserstrahlaugen. Die so gutherzig war, dass sie von sich aus die erste Wache an unserer Burg übernommen hatte, bis sie plötzlich dem Ruf des Meeres nicht länger widerstehen konnte und zu mir herausschwamm. Ich hätte sie gern angerufen und mich eine halbe Stunde lang mit ihr unterhalten. Ich hätte ihr gerne die abgefahrenen Träume erzählt, die ich nach unserer gemeinsamen Zeit hatte. Ich hätte ihr gern alle Dinge, die ich niemandem erzählen konnte, ganz unbeschwert erzählt, als hätte ich sie schon Hunderte Male erzählt und erzählt und erzählt.

Cahide

In Cahide hab ich mich verliebt, um mich gegen das Diktat des Alters aufzulehnen. Sie war einundzwanzig, ich elf. Zusammen mit mir haben sich gleich sechs oder sieben andere Jungs in sie verliebt. Wir kämpften nicht nur gegeneinander, sondern gleichzeitig gegen den Fluss der Geschichte. Ich war voll sauer auf die anderen Jungs. Also okay, ich kann schon verstehen, wenn sich zwei Jungs in das selbe Mädchen verlieben, das gibt so eine melancholische Stimmung, aber Alter, sieben Leute auf einmal, das geht gar nicht. Wenn du zehn oder elf bist, in der selben Straße wohnst und auf die selbe Schule gehst, kannst du einen individuellen Lebensweg sowieso voll vergessen. Wenn du dich in jemanden verknallst, machen gleich alle mit, und wenn du jemanden scheiße findest, machen auch alle mit. Wenn einer an einen Baum pinkelt, holen gleich alle anderen ihren Schniedel raus. Je ekeliger du bist, desto mehr Ansehen hast du.

Cahide und ihre Familie waren unsere direkten Nachbarn. Die Balkone an unseren Küchen berührten einander. Die andern Jungs waren deswegen neidisch. Ich war halt schon immer ein Glückspilz. Meine Mama war Hausfrau, mein Vater hatte einen kleinen Laden, wir waren weder arm noch reich. Richtig geschlagen haben sie mich auch nicht.

Meine Mutter schickt mich jeden Tag auf die Straße, damit ich ihr nicht vor den Füßen rumlaufe. Ich gehe morgens raus und wenn der Gebetsruf zum Sonnenuntergang kommt, muss ich wieder rein. Wenn ich mittags Hunger hab, geh ich in unsern Laden und esse ein Sandwich mit Salami, dazu eine Dose Cola und zum Nachtisch ein Paket Chips. Ich hab einen gesunden Appetit und bin ein lebensfrohes Kind Gott sei Dank, und manchmal rauche ich sogar im Kohlenkeller eine Zigarette. Meine einzige Sorge in diesem irdischen Dasein ist Cahide. So ist das halt.

Eines Nachts wachte ich vom Prasseln des Regens auf. Ich ging auf den Balkon. Cahide saß auf ihrem Balkon und rauchte heimlich eine Zigarette.

»Na, Kleiner?« fragte sie. Das war das erste Mal, dass sie mit mir sprach.

»Mir geht es gut, Cahide«, sagte ich und unterdrückte dabei meine Aufregung. »Und dir?«

»Na ja.«

»Bist du vom Regen aufgewacht?«

»Nee, ich konnte nicht schlafen.«

»Hm, warum denn?«

Sie antwortete nicht. Ich ging rein. Es wär ja voll unangenehm, eine junge Frau zu stören, die mitten in der Nacht auf dem Balkon sitzt. Am nächsten Tag spielten wir auf dem eingezäunten Grundstück in unserem Wohnblock Fußball. Auf einmal hörte das Spiel auf, alle fingen an zu rennen. Auf der Straße gegenüber ist ja jeden Montag Markt. Und gerade kamen Cahide und ihre Mutter vom Markt zurück. Ich rannte mit. Wir rangelten uns darum, ihnen die Plastiktüten aus den Händen zu nehmen, um ihnen tragen zu helfen. Cahides Mutter wollte uns die Tomaten nicht geben, ich hab ihr die Tüte aus der Hand gerissen, dabei sind ein oder zwei Tomaten zerquetscht worden. So geht das halt. Schließlich kann ich Cahides Mutter ja nicht die Einkaufstüten tragen lassen, das wär doch voll peinlich. Wir trugen ihnen die Tüten bis zur Wohnungstür, dann drängte ich mich nach vorne, und die andern Jungs mussten mir ihre Tüten geben, und ich reichte sie eine nach der anderen in die Wohnung hinein. Nachdem alle Tüten in der Wohnung waren, verteilte Cahides Mutter Kleingeld an die Amateur-Lastenträger, und alle haben sie es angenommen, außer mir. Ich bin nämlich kein Mensch, der immer auf seinen Vorteil bedacht ist. Ich hab die Tüten ja nicht getragen, weil ich eine Belohnung erwartet hab.

Cahides Mutter sagte: »Wir müssen noch einmal los«, ich fragte: »Darf ich helfen, Tante Tiynet?« Cahide wollte loslachen, aber sie riss sich zusammen und hielt sich die Hand vor den Mund. Sie lächelte. Ich wollte verstehen, was das war, das sie bis an den Rand des Lachanfalls gebracht hatte. Ihre Mutter stillte meine Neugier.

»Ich heiße nicht Tiynet, sondern Kiymet.«

»Darf ich helfen, Tante Kiymet?«

Sie hatten keine Wassermelone kaufen können, weil ihre Tüten schon so schwer gewesen waren.

»Ich geh sofort los eine holen«, sagte ich. »Dann müssen Sie nicht noch mal raus bei der Hitze.«

Ihre Mutter musterte mich von oben bis unten, wobei sie sicher in ihrem Kopf abwog, ob ich dazu fähig sei, eine Wasermelone zu kaufen und ihr zu bringen. Endlich holte sie aus ihrem Portemonnaie ungefähr so viel Geld, wie eine Wassermelone kosten würde.

»Lass sie dir aber anschneiden und zeigen. Damit sie dir nicht so eine holzige geben.«

»Ist gut.«

Cahide sagte: »Ich komm mit. Du weißt ja nicht, wie man eine Melone auswählt.«

Die Mutter beobachtete Cahide.

»Aber er lässt sie sich ja anschneiden.«

»Trotzdem.«

»Bleib aber nicht so lang.«

Als ich neben Cahide durch die Straßen ging, wurde mein Herz ganz weit. Ich versuchte, genau so große Schritte zu machen wie sie. Voller Stolz blickte ich mich um. Irgendein Typ auf dem Markt rief ihr hinterher: »Na Mädchen, brauchst du eine Aubergine? Oder ne Gurke?«, und ich hörte genau, dass er sich irgendwie über sie lustig machte. Cahide ignorierte ihn. Wie es sich für ein ehrenhaftes Mädchen gehört, das nicht mit fremden Männern spricht, tat sie so, als hätte sie ihn nicht gehört. Sie ging weiter, ohne sich umzudrehen. Ich aber blieb zornig stehen und blickte den Markttypen strafend an. Also wir sind ja wohl hier, um eine Melone zu kaufen, was soll denn das mit der Aubergine? Außerdem, was geht es dich an, ob Cahide eine Aubergine braucht oder nicht?

»Was guckst du so?«, rief er.

Ich konnte ihm nicht antworten. Er war riesengroß und sehr stark. Wäre ich doch bloß nicht stehengeblieben. Jetzt stand ich wie angewurzelt da. Typen wie der ließen nicht mit sich spaßen.

»Wie viel kostet der Spitzpaprika, Abi?« fragte ich ihn, es wäre komisch gewesen, wenn ich gar nichts gesagt hätte.

»Zweieinhalb.«

»Ganz schön teuer. Wahrscheinlich aufgrund der hohen Lebenshaltungskosten.«

»*Siktir lan.*«[1]

»Na gut. Gesegnete Arbeit noch.«

Wir holten die Wassermelone. Auf dem Rückweg blieb Cahide an der Ecke stehen, wo der Markt zu Ende ist.

»Warte mal kurz hier, ich bin sofort zurück«, sagte sie.

»Wohin willst du?«

Schon war sie weg. Mit der schweren Melone kam ich ihr nicht hinterher. Ich sah sie zwei Straßenecken weiter vor dem Internetcafé stehen. Sie unterhielt sich mit einem gutaussehenden Typen, der an seinem Moped lehnte. Ich wartete an der Straßenecke. Sie kam zu mir und war ein bisschen sauer, als sie mich sah.

»Wer war das?«

»Niemand«, sagte sie. »Nur ein Bekannter.«

»Was für ein Bekannter?«

»Irgendeiner halt.«

Sie wusste nicht, was sie sagen sollte, und lächelte mich nur an. Das war so süß, dass meine Wut und meine Neugier sofort weggingen und ich dahinschmolz. Ich kann nicht leugnen, dass ich in dem Moment ganz schön glücklich war, mit ihr ein Geheimnis zu teilen.

---

1 »Verpiss dich!«

»Gut. Nicht dass wir zu spät kommen«, sagte ich. »Deine Mutter macht sich sicher schon Sorgen. Hinterher muss ich noch die Verantwortung tragen.«

Seit diesem Ereignis war eine ganze Woche vergangen. Der Bauingenieur, der das Grundstück eingezäunt hatte, vertrieb uns unter fiesen Beschimpfungen von unserem Fußballplatz, und wir konnten nicht mehr spielen. Wir saßen auf dem Bordstein. Ich war der Erste, der Cahide sah, wie sie vom Ende der Straße her kam, mit ihrer Mutter. Wieder hatten die beiden die Hände voll Plastiktüten. Ich sprang auf die Straße und rannte ihnen entgegen. Ein Bremsgeräusch schreckte mich auf. Ich knallte gegen eine Windschutzscheibe, flog aufs Autodach, und noch in der Luft schaute ich zu Cahide rüber, sie war schöner als sonst, wahrscheinlich war es das Adrenalin vom Unfall. Sie stieß einen Schrei aus und warf ihre Markttüten in die Luft. Ich hingegen fiel vom Kofferraum auf die Straße. Ich hatte mal wieder Glück. Wenn das jemand anderem passiert wäre, hätte der bestimmt nicht überlebt. Als mein Vater das Bremsgeräusch hörte, kam er sofort aus seinem Laden gerannt. Er zerrte den Mann, der mich angefahren hatte, aus seinem Wagen, schmiss ihn zu Boden und trat gegen seinen Kopf. Mehrere andere Männer mussten dazwischengehen. Dann kam mein Vater zu mir und fragte: »Bist du in Ordnung?« Er schaute sich meinen Arm an. Mir war es gar nicht sofort aufgefallen, aber mein rechter Arm war ganz schief und verdreht wie bei einem Bettler. Mein Vater sah meinen Arm und bekam Pipi in die Augen. Ich selber konnte natürlich nicht weinen, weil ja Cahide am Unfallort war. Mein Vater ging wieder auf den Mann los. Und wieder gingen andere dazwischen.

Wir fuhren ins Krankenhaus. Mein Arm war zweimal gebrochen. Erst mussten wir ewig aufs Röntgenbild warten, dann wurde der Arm eingegipst, insgesamt hat es mehrere Stunden gedauert. In der Zwischenzeit kam die Polizei und fragte, wie es zu dem Unfall gekommen sei. Ich sagte ihnen nicht, dass es wegen Cahide war. Ich mag es nicht, mich so mit Lorbeeren zu schmücken. Ich dachte nur: Das ist halt der Preis meiner Liebe. Wenn es sein muss, brech ich mir auch noch ein Bein. Aber damit prahlen würde ich nie.

»Ich stand einfach nur so rum, da ist der Mann in mich reingefahren«, gab ich unter Tränen zu Protokoll. »Ich bin unschuldig. Der hat seinen Führerschein beim Metzger gekauft, das weiß doch jeder.«

Meine Mutter ließ mich eine Woche lang nicht auf die Straße. Jetzt, wo ich den Arm gebrochen hatte, war ich auf einmal wertvoll. Alle Verwandten kamen und brachten Geschenke über Geschenke. Ich ging los und plünderte den Laden meines Vaters. Ich aß vierzig Tüten Chips und trank noch mal so viel Dosen Cola, und mein Vater sagte nichts. Jeder musste auf meinem Gips unterschreiben, aber den besten Platz reservierte ich für Cahide. Ich wollte gerade losgehen, um sie unterschreiben zu lassen, da kam die Nachricht, dass sie eine Nutte sei. Zuerst wollte ich es nicht glauben.

»Das passt überhaupt nicht zu Cahides Naturell«, erklärte ich den anderen Jungs.

»Aber ihr Vater hat sie verprügelt. Warum sollte er das machen, wenn sie keine Nutte ist?«, hielten sie mir entgegen.

»Vielleicht hat es einen anderen Grund?«

»Quatsch. Jemand hat sie gesehen, wie sie hinten auf einem Moped mitgefahren ist. Wenn sie keine Nutte ist, warum fährt sie dann bei fremden Männern auf dem Moped mit?«

Die Beweislast war erdrückend, ich beugte mein Haupt und blickte auf den Boden. Jemand sagte: »Was heißt überhaupt Naturell?« Ich hatte nicht die Kraft, zu antworten.

»Ist das nicht so was wie Haarfarbe?«, sagte irgendjemand.

»Sie ist überhaupt nicht hell.«

Weil ich entschlossen war zu schweigen, schickten sie einen von den Jüngeren nach Hause, damit er im Großen Larousse nachschaute, was das Wort bedeutete. Gleichzeitig waren alle richtig froh, weil jetzt endlich feststand, dass Cahide eine Nutte war.

»Meinst du, wir dürfen auch mal?«

»Klar. Muss sie ja, wenn sie Geld nimmt.«

»Genau! Wir lassen sie einfach nicht in Ruhe!«

»Wir gehen jede Woche hin!«

»Klar gehen wir hin. Wir machen es mit ihr. Wir haben doch auch Pimmel.«

»Eure Liebe ist also bloß körperlich, ja?«, sagte ich. »Ihr denkt bloß an euren Schwanz, der Rest ist euch egal.«

So deutliche Worte konnten sie alle nur mit Schweigen quittieren. Nur der Siebenjährige aus dem Erdgeschoss schwieg nicht, er hielt seine Eier fest und hatte auf Autopilot geschaltet.

»Ich geh jede Woche hin. Ich geh jeden Tag hin. Einmal morgens und einmal abends.«

Ich verpasste ihm einen Faustschlag auf sein Kinn. Er landete auf seinem Hintern und fing an zu weinen. Sein großer Bruder kam sofort und fing an, mir eine Ohrfeige nach der anderen zu geben. Mit einem Arm konnte ich mich nicht verteidigen. Er hat mich total vermöbelt. Das Schlimmste war, dass er mich ganz fest hielt und sein kleiner Bruder, dem ich die Faust verpasst hatte, durfte mich ohrfeigen und mir ins Gesicht spucken.

»Hoffentlich habt ihr wieder Rohrbruch und eure Wohnung ist voller Scheiße!«, schrie ich ihnen hinterher.

In der Nacht wartete ich auf dem Balkon. Ich wollte Cahide ins Verhör nehmen. Ich wollte sie fragen, warum sie so was gemacht hat. Musstest du denn eine Nutte werden? Ich hab für dich den sicheren Tod überstanden, bin von der Polizei verhört und im Kreis meiner Getreuen erniedrigt worden. Sie schlugen und bespuckten mich. Und das ist alles überhaupt nicht wichtig, ich bin bereit und in der Lage, für diese Liebe jede Prüfung zu überstehen. Alles, was ich von dir verlange, ist, dass du keine Nutte wirst. Und wenn du schon eine bist, na und, dann ist das halt so, kann passieren. Ich bin hier, um dich da rauszuholen. Ich bin bereit, mein Leben für dich aufs Spiel zu setzen.

Ich wartete auf Cahide, aber sie kam nicht. Dann schlief ich ein. Mitten in der Nacht weckte mich ihre Stimme.

»Hey, Kleiner. Schläfst du?«

Ich öffnete meine Augen.

»Nee, ich hab nur gedöst.«

»Wie geht es deinem Arm?«

»Mein Gesundheitszustand ist weiterhin kritisch, Cahide. Es kann sein, dass der Knochen nicht wieder zusammenwächst.«

»Sei nicht traurig. Der wächst wieder zusammen.«

»Wenn du das sagst, dann wird er es schon. Ich wollte dir was sagen …«

»Was denn?«

»Also …«

»Ja …?«

»Ach, nix.«

Ich dachte kurz nach. »Ich will dich aus diesem Leben befreien«, wollte ich gerade zu ihr sagen, da ging das Küchenlicht an. Hektisch drückte Cahide ihre Zigarette im Blumenkübel aus und schnippte die Kippe in den Garten. Sie ging rein, ohne sich nach mir umzudrehen. Ihre Mutter trat auf den Balkon, blickte mich finster an und verriegelte die Tür.

Bevor der Sommer zu Ende ging, kam die Nachricht, dass Cahide heiraten werde. Wahrscheinlich wollten sie sie Hals über Kopf unter die Haube bringen, bevor ihr Ruf völlig ruiniert war. Der Bräutigam muss irgendein ahnungsloser entfernter Verwandter gewesen sein. Aus Samsun, hieß es. Cahide sollte nach Samsun ziehen. Eines Morgens wachte ich von Pauken und Schalmeien auf. Die Familie des Bräutigams war angereist, um Cahide mitzunehmen. Es waren ganz viele Autos, an deren Außenspiegel lauter Tücher gebunden waren. Alle Leute strömten auf ihre Balkone und schauten zu. Als Cahide in ihrem Brautkleid aus dem Mietshaus trat, waren einige sogar so gerührt, dass sie anfingen zu weinen. So ist das eben mit der Heuchelei der kleinen Leute, gestern haben sie noch hinter ihrem Rücken getuschelt. Unsere Jungs versperrten dem Brautauto den Weg. Der Herr Bräutigam warf einen Umschlag aus dem Fenster. Eine Windböe wehte den Umschlag in die Luft. Er landete direkt vor meinen Füßen. Natürlich. Ich nahm den Umschlag, schaute aus dem Augenwinkel hinein, es waren zwanzig Lira drin, in Anbetracht meiner Haushaltslage war das eine phantastische Summe. Nach einer kurzen Unentschlossenheit steckte ich den Schein in die Tasche. Den Umschlag aber knüllte ich zusammen und warf ihn dem Megane hinterher, auf dessen Kennzeichen das Wort »mutluyuz«, wir sind glücklich, zu lesen war. Diese Geste meinerseits, keine Ahnung, ob Cahide sie überhaupt noch gesehen hat.

Über mir wohnt ein Terrorist

Mein Bruder war zwanzig, als er fürs Vaterland fiel. Er war in den Krieg gezogen, damit Leute wie ihr schick und unbeschwert auf den hell erleuchteten Boulevards der Großstädte flanieren können. In der Nähe der irakischen Grenze kam er mit dem Fuß auf eine Tretmine. Damals war ich sieben Jahre alt. Für seine Beerdigung bekam ich eine echte Kommandotrupp-Uniform angezogen, mit einem blauen Barett. Die Erwachsenen sagten, wenn ich weinen würde, freuten sich die Terroristen nur noch mehr. Ich riss mich zusammen und heulte überhaupt nicht. Als das Militärfahrzeug mit dem Sarg darauf an uns vorbeizog, stand ich kerzengerade an meinem Platz und hob die Hand zum Soldatengruß, dem mit Halbmond und Stern drapierten Sarg entgegen. Plötzlich blickten alle Augen auf mich, und es kamen sogar Leute, die mich an sich drückten und losheulten, als wäre ich derjenige, der fürs Vaterland gefallen war, und nicht mein Bruder. Da bin ich voll ausgerastet, ich schrie: »Hört doch auf zu heulen!« Und plötzlich waren alle Fernsehkameras auf mich gerichtet, und in den Abendnachrichten brachten sie auf allen Kanälen die Bilder von mir an erster Stelle. In den großen Zeitungen hieß es am nächsten Tag: »Salutierender Märtyrerbruder«, und: »Dieser Junge führt einen Schlag gegen den Terrorismus.«

Über Nacht war ich berühmt. Der Ruhm stieg mir aber keineswegs zu Kopf. Obwohl ich so jung war, konnte ich mit der Aufmerksamkeit der Medien sehr gut umgehen. Ich hatte meinen Bruder sehr geliebt. Aber den Schmerz vergrub ich jahrelang in meinem Inneren, ohne ihn je einem Menschen zu zeigen. Nur ein- oder zweimal rief ich bei den Fernsehredaktionen an, um ihnen mitzuteilen, dass ich in der Zwischenzeit nicht ein einziges Mal geweint hatte, obwohl jetzt schon drei oder fünf Jahre vergangen waren. Ein Mann aus dem Redaktionsbüro sagte sogar: »Super, Junge. Weiter so!« Ich verlangte, Uğur Dündar oder Ali Kırca persönlich zu sprechen. Aber sie stellten mich nicht zu ihnen durch. Es wollte auch niemand darüber berichten, dass ich immer noch nicht geweint hatte. Meine innere Stärke und alle psychologischen Niederlagen, die ich dem Terrorismus in den letzten fünf Jahren zugefügt hatte, ignorierten sie einfach. Das sind doch alles käufliche Hurensöhne.

Dann kam es, wie es kommen musste. Einer der Terroristen, die meinen Bruder ermordet hatten, zog ein Stockwerk über uns ein. Er trug wildes Haar und war immer unrasiert. Die Bestie war es ja gewohnt, auf den Bergen zu leben. Jedes Mal, wenn er durchs Treppenhaus ging, verfolgte ich ihn durch den Türspion, presste mein Ohr an die Türe und lauschte seinen Schritten. Nachts schlug ich mit einem Schraubenschlüssel so gegen die Heizungsrohre, dass furchterregende Geräusche zu hören waren. Endlich konnte ich mich nicht mehr zurückhalten. Ich lief zu unserem Laden.

»Wir müssen ihn töten«, sagte ich, »und endlich meinen Bruder rächen.«

»Allah möge ihn richten«, sagte mein Vater.

»Macht er aber nicht. Wenn du ihn nicht tötest, tu ich es. Unser Nationalbewusstsein und unsere Ehre als Türken erfordern, dass wir so handeln.«

»Schlag dir deine Flausen aus dem Kopf.«

»Gib mir die Pistole. Ich mach ihn kalt. Ich bin erst zwölf, ich krieg dann nur eine kurze Jugendstrafe.«

»Ich brech dir gleich deine Beine.«

»Warst du es nicht, der auf seiner Beerdigung gerufen hat: Nehmen Sie mich mit, mein Kommandant, ich muss in den Krieg? Hast du mich nicht in deinen Armen gewiegt und gerufen: Für mein Vaterland werde ich auch ihn hergeben! Also los! Jetzt ist es an der Zeit, in den Krieg zu ziehen, Papa. Komm! Schau mich nicht so feige an. Oder gehörst du zu den Opportunisten, die nur für zwei Tage aufdrehen, wenn mal wieder ein Sarg mit einem toten Soldaten heimkommt?«

Er gab mir keine Antwort. Damit war er für mich gestorben. Ich lief zu meiner Mutter. Ich bat sie um die Pistole meines Vaters, aber sie gab sie mir nicht. Also ging ich ins Vereinslokal der Grauen Wölfe und sagte, ich wolle den Kreisvorsitzenden sprechen. Er empfing mich stehend. Er mag mich sehr. Jedes Jahr schenkt er mir eine Kommandotrupp-Uniform. Er bestellte mir sofort einen Orangentee. Ich erzählte ihm, was vorgefallen war.

»Okay, Nurettin«, sagte er. »Sei nicht traurig. Ich sag unseren Jungs Bescheid, die sollen sich ihn mal angucken. Wenn es so ist, wie du sagst, wird er in unserem Viertel keinen Fuß fassen können.«

Der Kreisvorsitzende hat den Terroristen sofort verprügeln lassen, was ich wirklich gut fand. Ich sah ihn vom Fenster aus, wie er nach Hause kam. Er konnte kaum laufen. Sein Mund und seine Nase waren ganz blutig. Eine Woche lang verließ er seine Wohnung nicht. Aber das reichte nicht. Es kann doch nicht sein, dass man so jemanden nur mal kurz verprügelt. Ich wartete zwei Wochen, aber sie machten nichts mehr. Dem Terroristen ging es inzwischen wieder gut. Er lief draußen herum, als wäre überhaupt nichts gewesen. Ich ging noch einmal ins Vereinslokal. »Herr Vorsitzender, ich verlange, dass Sie ihr Versprechen einhalten«, sagte ich. »Der Terrorist, an dessen Händen Blut klebt, dieser ehrlose Babymörder, wohnt immer noch im Stockwerk über uns.«

Der Vorsitzende sagte: »Ich kann dich verstehen, Nurettin. Aber wir können da nichts machen.«

»Wieso das denn?«

»Der Junge ist Student. Er hat keine Terrorakte begangen.«

»Wie, sollen wir jetzt auch noch warten, bis er einen Terrorakt begangen hat?«

»Der wird keinen Terrorakt begehen. Mach dir mal keine Sorgen, der kann überhaupt nichts tun. Wir haben ihn verängstigt.«

»Warum nur, Herr Vorsitzender, warum? Wenn er Terrorist ist, müssen wir ihm Blei in die Birne pumpen. Geben Sie mir eine Waffe, dann mach ich das.«

»Wir haben unsere Waffen vergraben, Nurettin. Wir liefern uns keine Feuergefechte mehr. Es ist nicht mehr so wie früher.«

»Ach hör mir doch auf, Herr Vorsitzender«, rief ich. »Letztes Jahr habt ihr doch noch reihenweise Leute umgelegt wegen der Projektausschreibung für das Parkhaus hinterm Stadion.«

Dem Herrn Vorsitzenden zitterten vor Wut die Hände und die Arme. Er wollte mir erst eine runterhauen, doch dann riss er sich zusammen.

»Geh, Nurettin, geh«, sagte er. »Mach mich nicht wütend!«

»Ich bleibe hier.«

»Raus, Nurettin!«

»Ich weiche keinen Schritt, Herr Vorsitzender.«

Zwei oder drei Typen nahmen mich an den Armen und bugsierten mich zur Tür. Auf dem Weg dorthin prügelten sie auf mich ein, weil ich so respektlos mit dem Vorsitzenden geredet hätte.

»Ich bin der Bruder eines Mannes, der fürs Vaterland gefallen ist, ihr Ehrlosen!«, rief ich. »Ich bin ein besserer Nationalist als ihr alle zusammen!«

Der Vorsitzende kam aus seinem Zimmer und rief die Männer, die mich geschlagen hatten, zu sich.

»Hab ich euch gesagt, ihr sollt ihn schlagen?«

Sie wollten sich rechtfertigen, aber der Vorsitzende hörte gar nicht hin, sondern gab jedem von ihnen eine Ohrfeige. Aber damit war er noch nicht fertig. Einen von ihnen trat er, einem anderen warf er sein Gebetskettchen gegen den Kopf. Wie gesagt, der Vorsitzende mag mich sehr. Aber aufgrund der politischen Großwetterlage waren ihm die Hände gebunden.

Ich stand wieder ganz am Anfang. Also nahm ich die technische Überwachung des Terroristen auf. Ich wollte ihn mit meinen eigenen Mitteln unschädlich machen. Ich wollte den Fuchs in seinem eigenen Bau erlegen. Ich suchte zu Hause nach der Pistole, aber meine Mutter hatte sie zu gut versteckt, wahrscheinlich, weil sie gesehen hatte, wie entschlossen ich war. Ich fand sie nicht, obwohl ich sämtliche Schränke ausräumte. Aber wenigstens hab ich beim Suchen die Armreifen meiner Mutter gefunden. Ich ging damit sofort zum Juwelier, um mir Bargeld zu besorgen. Dann ging ich in ein Jagdgeschäft und wollte eine Pumpgun kaufen. Der Mann gab mir aber keine. Man hätte einen Waffenschein gebraucht und ein Formular ausfüllen müssen, man musste über achtzehn sein und blah und blubb, er zählte tausend Sachen auf. Ich wurde so wütend, dass von meinem Hirn siedendes Wasser über meinen ganzen Körper floss. Wir gingen uns an die Gurgel, und am Ende schmiss er mich raus. Na gut, dann wollte ich wenigstens die Armreifen zurückhaben. Der ehrlose Juwelier gab sie mir aber nicht für das selbe Geld zurück, für das er sie gekauft hatte. Er behielt einen. Als ich abends, wütend wie ich war, nach Hause zurückkehrte, nahm ich einen ziemlich großen Stein und pfefferte ihn dem Terroristen in die Fensterscheibe. Volltreffer. Die Scheibe fiel runter wie ein Hagelschauer. Ich bezog Position an der Gartenmauer vom gegenüberliegenden Wohnhaus. Der Terrorist kam ans Fenster, guckte und guckte und ging dann wieder weg.

Diese Scheibenaktion beruhigte mich erst mal, aber es hielt nur zwei oder drei Tage. Danach wurde ich so richtig wütend. Die Kerle sind für den Märtyrertod meines großen Bruders verantwortlich, und ich kann nichts weiter tun, als ihre Scheiben einzuschlagen. Das ist so ungerecht. Ich konnte kaum noch das Foto meines Bruders anschauen, so sehr schämte ich mich. Ich traute mich nicht mehr, die Briefe zu lesen, die er als Soldat an uns geschickt und die ich schon Hunderte Male gelesen hatte. Ich musste mir einen anderen Plan ausdenken.

Ich beschloss, ihn zu erstechen. Ich ging mein Kommandotrupp-Einsatzmesser wetzen. Das konnte natürlich eine gefährliche Angelegenheit werden, ihn zu erstechen: Was, wenn er sofort eine Schusswaffe zöge? Ja und, dann soll er doch. Einen Türken mit einer Schusswaffe zu bedrohen ist nichts als Selbstmord. Ich nahm das Messer und verließ die Wohnung. An seiner Wohnungstüre drehte ich um. Ich schlug mir zweimal die Faust gegen den Kopf. Was machte ich denn da? Ich musste schon rational vorgehen, damit ich ihm keine leichte Beute wurde. Denn das durfte ich nicht zulassen. Zwei Gefallene aus einer Familie, da würden die Terroristen doch vor Freude bauchtanzen. Ich entwarf also einen Strategieplan. Ich würde tun, als wäre es ein nachbarschaftlicher Besuch, und mich so in seine Wohnung einschleusen. Dann würde ich einen Moment der Unaufmerksamkeit ausnutzen, ihm mit einem harten Gegenstand auf den Kopf zu schlagen und ihn so vorübergehend außer Gefecht zu setzen. Während seiner Ohnmacht würde ich ihm dann die Kehle durchtrennen. Ich versteckte das Messer in meiner Gesäßtasche und machte mich wieder auf den Weg. Kurz vor seiner Tür kehrte ich noch einmal um, holte etwas von dem Kuchen aus unserer Küche und drapierte die Stücke auf einen Teller. Ich ging wieder die Treppen hoch und klingelte an seiner Tür. Ich hatte Magenschmerzen, mein Herz pochte wie wild. Ich konnte die Aufregung nicht ertragen und floh. Kriegspsychologie. Als die Tür geöffnet wurde, war ich schon wieder ein Stockwerk weiter unten.

»Wer ist da?«, fragte eine Mädchenstimme.

Wo kam denn die auf einmal her?

»Ich bin's«, sagte ich.

»Wer bist du denn?«

»Der Sohn von den Nachbarn unter euch. Meine Mama hat gebacken, und ich wollte euch was bringen.«

Ich stieg die Treppen wieder hoch. Sie nahm den Teller entgegen. »Danke schön, das ist aber lieb«, sagte sie. Sie war das schönste Mädchen, das ich in meinem ganzen Leben gesehen hatte. Sie hatte sogar Brüste. Total der Burner.

»Komm doch rein«, sagte sie. »Wir gucken gerade einen Film.«

Da sie wir sagte, steckte sie mit dem Terroristen wohl unter einer Decke. Wie schade, wo sie doch die grünsten Augen hatte, die ich in meinem ganzen Leben gesehen hab. Doch binnen einer Sekunde verloren ihre Augen für mich alle Farbe. Was für einen Film sie wohl guckten? Was wohl, bestimmt einen Ausbildungsfilm, den ihnen ihre Organisation geschickt hat. Klar, und jetzt dachte sie, damit kriegen sie mich auch. Warum sonst sollte sie mich in die Wohnung bitten?

»Und?«, fragte sie.

»Was und?«

»Wenn du willst, komm rein, ansonsten mach ich die Tür zu. Ich will hier keine Wurzeln schlagen.«

Ich ging rein.

Der Terrorist fragte von seiner Position aus: »Wer ist das?«

»Der Junge aus der Familie unter uns, Schatz.«

Der Terrorist streckte seine Hand aus, sagte hallo und grinste ganz fies. »Ich heiße Semih.«

Das ist doch ein Tarnname, darauf fall ich nicht rein. Ich bin seit meinem siebenten Lebensjahr im Kampf gegen den Terror aktiv, was meinst du, was ich schon alles gesehen hab. Ich gab ihm die Hand. »Und ich heiß Nurettin«, sagte ich. Dabei ließ ich seine Hand aber nicht los, sondern blickte ihm genau in die Augen. »Bei mir ist das allerdings mein echter Name.«

Er lachte. Er wollte einen auf netter Junge von nebenan machen.

»Der Film war gerade richtig gut. Lass uns noch zu Ende gucken, dann können wir uns unterhalten«, sagte er. Er setzte sich wieder und ließ den angehaltenen Film weiterlaufen. Ich blickte auf den Bildschirm. Es war ein französischer Liebesfilm, keine Spur von politischer Untergrundarbeit. Er musste ihn schnell ausgewechselt haben, als ich an der Tür stand.

Das schöne Mädchen fragte: »Willst du was trinken?«

Ich checkte die Lage ab. Sie tranken Bier.

»Ein Bier«, sagte ich. »Brauchst gar nicht so zu gucken, ich hab schon oft Bier getrunken.« Das Mädchen ging in die Küche. Der Terrorist mit dem Tarnnamen Semih war ein entspannter Typ, er hatte nicht einmal aufgeschaut, als ich ein Bier verlangte. Das war wohl seine Masche, um mich zu ködern. Er hatte noch nicht einmal eine neue Fensterscheibe eingesetzt.

Es war natürlich gelogen, dass ich vorher schon mal Bier getrunken hatte. Ich wollte einfach nur so wenig Verdacht wie möglich erregen und hatte daher beschlossen, mich ihren Sitten anzupassen. Nach einer Viertelstunde ging der Film zu Ende. Das Mädchen hatte sich inzwischen ganz eng an Semih angeschmiegt. Sie ließen es sich gut gehen. Das Leben als Terrorist scheint ja eine komfortable Angelegenheit zu sein, mit einem Bier in der einen Hand und einer Alten in der andern, schön DVD gucken und sich nicht um morgen sorgen. Dieses ehrlose Arschloch. Als der Film vorbei war, aß der Terrorist den Kuchen. Davon wurde er aber nicht satt. Er bestellte vom Kebap-Laden noch Pide für uns alle. Das Geld kam ja von der Organisation, damit konnte er natürlich großzügig umgehen. Unsere Kommandotrupps müssen beim Einsatz im Gebirge Schlangen fressen, und die kriegen jeden Tag Pide und Kebap, die eine Hand im Fleischtopf, die andere im Honigtopf. Um meinen Plan umsetzen zu können, musste ich warten, bis das Mädchen ging. Aber sie ging nicht. Sie riefen irgendwo an und verlangten von jemandem, dass diese Person anstelle des Mädchens etwas eintrage. Ich verstand nicht genau, was das für ein Eintrag war. Ich ging der Sache auch nicht weiter nach, sondern entschloss mich, beide zusammen zu töten. Das Mädchen hatte sowieso »wir« gesagt. Die Gefahr war nur, dass ich im entscheidenden Augenblick weich werden und sie nicht über die Klinge springen lassen könnte. Erstens war sie echt richtig schön, sie hatte einen Blick wie eine verwundete Wölfin, wie Börteçin, die graue Wölfin, die uns Türken aus dem Ergenekon-Tal herausführte. Wenn Augen wirklich der Spiegel der Seele waren, hatte ich es nicht leicht. Zweitens konnte ich mir nicht hundertprozentig sicher sein, dass sie überhaupt eine Terroristin war. Vielleicht war sie eine unschuldige Zivilistin. Ich fragte sie nach ihren politischen Ansichten.

Die beiden lachten. Klar, sie konnten ja nicht sagen: Wir sind Terroristen. Dann stellten sie mir die gleiche Frage. Ich lachte nicht, sondern blieb eiskalt. »Ich bin türkischer Nationalist«, sagte ich. »Ich hab nichts zu verbergen. Wer Türke ist, muss stolz sein, wer keiner ist, muss sich unterwerfen!« Es war Zeit, dass sie meinen Atem in ihrem Nacken spürten. Ich konnte auf jeden Fall mit beiden fertig werden. Nur war mir vom Bier total schwindelig geworden. Es konnte schon sein, dass das jetzt nicht der richtige Augenblick war, um zuzustoßen.

»Ich geh mal lieber«, sagte ich.

»Du kannst jederzeit gerne wiederkommen, Nurettin«, sagte Semih.

»Darauf könnt ihr Gift nehmen. Ich komm dann, wenn ihr es am wenigsten erwartet.«

Sie lachten wieder.

In der darauf folgenden Zeit ging ich jeden Tag zu ihnen nach oben. Unser guter Semih hatte eine ganze Menge Freunde. Das waren angenehme Leute. Wenn ich dabei war, konnten sie natürlich nicht über ihre Anschlagspläne sprechen. Ab und an zogen sich zwei von ihnen in die Küche zurück und flüsterten etwas. Ich ging ihnen sofort nach, da schwiegen sie auch schon. Zwei von ihnen waren durch und durch Terroristen. Ich schwöre, das waren Kurden. Sie waren sogar stolz darauf. Sie hätten ja wenigstens versuchen können, es zu verstecken, also wenn ich Kurde wäre, würde ich das zum Beispiel niemandem sagen, ich würde versuchen, im stillen Kämmerlein damit fertig zu werden. Aber bei denen gab es so was wie Schamgefühl gar nicht, in der Wohnung sprachen sie in einer Lautstärke, dass es jeder hören konnte, kurdisch und schwächten damit die Einheit unseres Staates. All diese Provokationen missachtend machte ich tagelang gute Miene zum bösen Spiel und rief sie wiederholt dazu auf, sich unter der einzigen Flagge als eine einzige Nation und ein einzig Herz zu sammeln. Aber sie hörten nicht. Irgendwann ging es einfach nicht mehr. Da nahm ich mir die beiden zur Brust und sagte: »Mittlerweile haben sogar die Indianer in Amerika anerkannt, dass sie von den Türken abstammen. Für wen haltet ihr euch eigentlich, dass ihr so nutzlose Sondernummern abzieht und behauptet, ihr wärt ein anderes Volk?« Sie lachten. »Aber unsere unitaristische Staatsordnung könnt ihr nicht erschüttern. Wenn ihr Eier habt, spaltet euch doch ab. Mal gucken, ob das so leicht ist.«

»Der ist ja voll der Fascho«, sagte einer der Kurden. »Kleiner Fascho!« sagte der andere. Seitdem hatte ich meinen Spitznamen, kleiner Fascho hier, kleiner Fascho da. Weil sie selber ja alle Tarnnamen hatten, mussten sie mir auch einen verpassen.

Es war einer jener Tage, an denen die Kurden mal wieder in ihrer Muttersprache dem Separatismus frönten und meine Nerven vollkommen blank lagen. Sobald sie die Wohnung verlassen hatten, begann ich nach einem harten Gegenstand zu suchen. Dieses Mal würde ich Semih ganz sicher töten, seine Freundin war auch gerade nicht da, das traf sich gut. Wir waren zu zweit in der Wohnung. Das war die Gelegenheit, auf die ich seit Monaten gewartet hatte. Im Schlafzimmer fand ich ein Bügeleisen. Semih war damit beschäftigt, fotokopierte Aufzeichnungen eines total bescheuerten Unterrichtsfaches namens Bilanzanalyse durchzulesen. Er sagte, er würde nächste Woche Klausur schreiben. Ich schlich mich leisen Fußes an ihn heran, ohne dass er es sah. Wenn erst einmal das Bügeleisen auf seinen Kopf krachte, würde er schon die richtige Bilanz ziehen können aus seinem Kampf gegen die ruhmreichen Türken! Er drehte sich um, als ich gerade zuhauen wollte. Diese Hyäne! Als hätte er Augen im Hinterkopf. Klar, wer so viel Zeit in Guerilla-Ausbildungslagern verbracht hat, muss ein ganz schön harter Brocken sein.

»Was willst du denn mit dem Bügeleisen?«, fragte er.

»Nichts«, sagte ich und ließ es sinken. Plötzlich fragte ich: »Sag mal ehrlich, bist du eigentlich ein Terrorist?«

Er lachte wieder.

»Hör doch mal auf zu lachen und antworte mir wie ein Mann. Sei doch einmal mutig und bekenne Farbe. Wenn du einer bist, dann steh doch einfach dazu.«

»Bin ich nicht.«

»Du hast aber kurdische Freunde.«

»Ja und?«

»Arschloch«, sagte ich.

Er stand auf. »Was soll das denn?«

Ich packte ihn am Kragen.

»Wegen euch ist mein Bruder gestorben«, rief ich. »Ihr habt ihn umgebracht!«

»Ich hab niemanden umgebracht.«

»Mein Bruder war so alt wie du, als er starb. Einen Monat später wäre sein Militärdienst zu Ende gewesen. Wir durften nicht mal seine Leiche sehen, so zerfetzt war die.«

»Das wusste ich nicht, Nurettin. Das tut mir sehr leid.«

Wir schwiegen zehn Minuten.

»Auf welcher Seite stehst du?«, sagte ich.

»Ich bin für Frieden.«

Von meinem Hirn herab floss siedendes Wasser über meinen ganzen Körper. »Fick dich, Alter, was für ein Frieden?«, schrie ich. »Soll ich Frieden machen mit den Mördern meines Bruders? Da jag ich mir lieber eine Kugel durch den Kopf.«

»Dieser Krieg führt aber zu nichts.«

»Ja und? Muss er auch nicht. Was geht dich das überhaupt an? Du hast doch deine Felle im Trocknen. Es gibt Menschen, die müssen im hinterletzten Gebirge kämpfen, und du hängst hier nur rum! Faule Sau! Du hast nicht mal was für die Uni gemacht, bis die Klausur vor der Tür stand. Du hast ja deine Mieze, die kannst du immer schön in den Arm nehmen und rumpennen, die ganze Zeit schmatz schmatz, und wenn es klingelt, schickst du sie die Tür aufmachen. Nachts haut sie aus dem Wohnheim ab und pennt bei dir, und ihre Freundinnen müssen sie in die Anwesenheitsliste eintragen. Ich hab den Wohnheimleiter angerufen und sie angezeigt. So!«

Er packte mich auch am Kragen.

»Warst du das etwa, der sie verraten hat? Du kleines Arschloch. Verpiss dich!«

Ich griff nach seinem Wischmopp.

»Ich bring dich um!«, schrie ich. »Ich werde dich unschädlich machen!«

Er nahm mir den Wischmoppstiel aus den Händen und schlug mich einmal aufs Kinn. Ich hatte mein Messer an dem Tag nicht mitgenommen, ich verfluchte mich selbst und verließ die Wohnung. Mit zornigen Schritten lief ich die Treppen runter und zitterte dabei am ganzen Körper. Ich fuhr meine Mutter an: »Gib mir sofort die Waffe.« Sie gab sie mir nicht. Ich warf ein Glas nach ihr. Es flog über ihren Kopf und zerschellte an der Wand. Sie verbarg ihren Mund hinter einem Zipfel ihres Kopftuchs und fing an zu weinen. Ich ging auf sie los.

»Ich weiß es doch von dir! Du hast gesagt, über uns ist einer eingezogen, der ist mir nicht ganz geheuer, der ist bestimmt Terrorist, hast du gesagt.«

»Was weiß ich denn, mein Junge, so ein Bärtiger mit so wüstem Haar, da dachte ich halt, das wär so jemand. Mir haben es doch die Nachbarn gesagt. Was weiß ich denn schon, er ist wohl einfach nur Student.«

»Student oder nicht, das ist mir egal, ich muss ihn ausschalten. Gib mir sofort die Waffe. Mach schnell!«

»Das tu ich nicht.«

»Was bist du denn für eine Märtyrermutter? Du bist ja auf der Beerdigung von meinem Bruder fast zusammengebrochen, nur wegen dir haben die Terroristen ein Freudenfest gefeiert. Ich schäme mich für dich!« Damit war sie für mich gestorben. Ich ging runter zum Ufer und schaute auf die Wellen, bis der Abend dämmerte. »Oh Schwarzes Meer / wie bäumtest du dich auf / beim Anblick von des Türken Fahne / dich noch zu sehen / vor meinem Tod / zu fallen in deine Arme …«, sang ich dabei. Okay, ich saß eigentlich am Marmara-Meer, aber es kommt ja wohl drauf an, sich in die Stimmung reinzuversetzen. Meine Augen wurden feucht, fast hätte ich nach fünf Jahren zum ersten Mal geweint. Ich checkte die Umgebung ab. Es war niemand da.

Trotzdem. Ich biss mir in die Faust und riss mich zusammen. Nicht dass die Terroristen mich noch über Satellitenkamera filmten, und dann würden sie sofort eine Antipropagandakampagne starten und sagen: Das ist also der Junge, der angeblich nicht weint, ja? Verkneif es dir, Nurettin, sagte ich zu mir selbst, beiß die Zähne zusammen.

Nach meinem Streit mit Semih hatte mein Leben keinen Sinn mehr. Die Tage wurden zäh wie Kaugummi. Keine Mordpläne mehr, kein Schlagabtausch, kein kalter Krieg. Einsam zu sein ist echt scheiße. Ich vermisste sogar die Kurden. Fast. Ich hielt es nicht mehr aus. Ich klingelte bei ihm. Ich guckte ihn einfach nur an, ganz leer. Er nahm mich in den Arm.

»Ich hab dich vermisst«, sagte er. »Komm, kleiner Fascho, komm rein.«

So haben wir uns wieder vertragen, ich konnte nichts sagen, ich ging einfach rein, er hatte so was ganz Fieses, Manipulatives an sich. Mit seinem Bier, seinem französischen Kino, seinem großen Freundeskreis, seiner supersüßen Freundin hat er mich umgedreht. In was für einem Land leben wir denn bitte schön, dass ich nur einen einzigen Freund habe, mit dem ich reden kann, und der hält auch noch zu den Terroristen.

Einmal machte ich in der Küche Nudeln. Es waren voll viele Leute in der Wohnung. Irgendwie war die Stimmung so komisch ernst. Seit geschlagenen zwei Stunden diskutierten sie rum: Sollen wir es nun machen oder sollen wir es nicht machen?

Semih sagte: »Was können wir in diesem kleinen Kaff schon machen? Da kommt doch niemand.«

Ich goss die Nudeln in ein Sieb und rief ins Wohnzimmer rüber: »Wir machen es einfach. Macht euch keine Sorgen.«

Die Kurden sagten zu Semih: »Dieser kleine Fascho hat noch mehr Courage als du!« Semih ärgerte sich ein bisschen und sagte: »Okay, Leute, dann machen wir es halt. Aber sagt hinterher nicht, ich hätte euch nicht gewarnt.«

Ich hatte mich einfach eingemischt, dabei wusste ich gar nicht, worum es ging. Ich lief ins Wohnzimmer und fragte: »Was machen wir eigentlich?«

»Wir machen was zum sechsten November.«

»Was ist der sechste November?«

Wieder lachten alle. Mittlerweile hatte ich mich daran gewöhnt und lachte einfach mit. Am sechsten November ging ich zu Semih.

»Was machen wir heute?«, fragte ich ihn.

»Eine Protestaktion. Du musst zu Hause bleiben.«

»Nein, ich komme auch mit.«

»Setz dich.«

»Was für eine Protestaktion?«

»Eine terroristische.«

»Verkauf mich nicht für dumm. Das sind doch nur Studenten. Das ist doch gar nicht dasselbe.«

»Das hast du früher aber ganz anders gesehen.«

»Kann sein.«

»Bist du denn kein Nationalist?«

»Du hast kein Recht, daran zu zweifeln«, sagte ich. »Ich bin ein echter Türke, und ich liebe meine ruhmreiche Nation.«

»Dann darfst du nicht mit.«

»Warum nicht?«

»Dein Nationalbewusstsein und deine Ehre als Türke erfordern das, Nurettin.«

»Ich komm trotzdem mit.«

»Warum?«

»Darum. Das sind schließlich auch meine Freunde, ich kenne die Jungs alle schon lange. Außerdem weiß ich doch, dass ihr gerne Kinder als menschliche Schutzschilde einsetzt.«

Wir gingen los. Es war das erste Mal in der Geschichte unserer Stadt, dass Studierende gegen die Militarisierung der Hochschulen protestierten, die mit der Gründung des Allgemeinen Hochschulrates unter Federführung der damaligen Militärregierung am 6. November 1981 begonnen hatte. Es kamen sechsundzwanzig Studentinnen und Studenten, zwei Kurden und ein türkischer Nationalist, sechzig Sondereinsatzkommandopolizisten, zwanzig Wachleute vom privaten Sicherheitsdienst, und zur Verstärkung hatten die Einzelhändler aus der Umgebung sich schon auf die Straße vor ihre Läden gestellt, um jederzeit zuschlagen zu können. Die Polizei kesselte die Demonstranten ein und besprühte sie mit Pfefferspray. Alle bekamen Tränen in die Augen.

Ich drängte mich nach ganz vorne. »Ihr braucht kein Tränengas einzusetzen«, rief ich. »Meine Freunde sind sowieso alle voll die sensiblen Typen.«

Ein Polizist hob seinen Schlagstock. Gegen mich! Ausgerechnet! Ich wurde so wütend! Ich schrie ihn an: »Ich nehm gleich deinen Stock und schieb ihn dir in den Arsch! Ich bin der Bruder eines Märtyrers! Wer bist du denn, dass du die Hand gegen mich erhebst?« Der Polizist stutzte einen Moment und stand nur da mit seinem Schlagstock in der Luft. Von hinten kamen sofort drei andere Polizisten, die gar nicht erst hinhörten, sondern gleich auf mich einprügelten. Wem willst du da schon erklären, was Sache ist. Semih zog mich am Arm und stellte sich schützend vor mich, so dass er die meisten Schläge abbekam. Nachdem wir verprügelt worden waren, ging ich mich bei meinem Cousin beschweren. Mein Cousin ist nämlich Beamter bei den Sondereinsatzkräften. Er guckte mich ganz lange an, als wolle er sagen: Hä, den kenn ich doch, und dann fragte er: »Was machst du denn hier, Nurettin?«

»Nichts. Ich wollte nur meinen Freunden zugucken. Sag lieber meinem Papa nichts davon.«

Sie nahmen die Studenten alle mit, nur mich ließen sie frei.

Als mein Vater abends nach Hause kam, verpasste er mir sofort zwei Backpfeifen. Es war das erste Mal seit fünf Jahren, dass er seine Hand gegen mich erhob. Mein Cousin hatte ihm alles gesagt. Dann schaute mein Vater auf das Foto meines Bruders an der Wand und begann zu weinen. »Wenn du noch einmal da hoch gehst, bist du nicht mehr mein Sohn. Wenn ich dir egal bin, denk wenigstens an deinen Bruder.«

Wieder war ich ganz einsam. Ich hielt es fünfzehn Tage aus, dann schlich ich mich, als mein Vater im Laden war, die Treppen hoch. Semih packte seine Sachen. Überall standen Umzugskartons. »Was ist denn los?«, fragte ich. Er war von der Uni geflogen. Nach einem Semester sollte er sich aber wieder einschreiben dürfen. Er wollte zu seinen Eltern ziehen, um nicht sinnlos Miete zu zahlen. Nächstes Jahr würde er wiederkommen.

»Und warum liegen diese ganzen Sachen da rum? Willst du die nicht mitnehmen?«

»Die kann ich nicht tragen. Ich werd sie an meine Freunde verteilen. Du kannst dir nehmen, was du haben willst. Ich kann dir zum Beispiel die Filme geben.«

»Nein«, sagte ich. »Ich hab sie alle schon gesehen.« In einer der Kisten sah ich das Bügeleisen. »Ich nehm mir das Bügeleisen, ja?«

Ich nahm es. Ich schlich mich von hinten an ihn heran. Er drehte sich um.

»Was willst du eigentlich mit dem Bügeleisen?«

»Nichts«, sagte ich.

Ich hatte Tränen in den Augen. Ich konnte mich nicht mehr halten.

»Ruf an, wenn du zurückkommst«, sagte ich. »Mein Papa kennt ein paar Makler. Wir helfen dir, wo wir können.«

Er guckte mich ganz lange an. Dann nahm er mich bei den Schultern und schüttelte mich.

»Was ist denn los, Nurettin? Du bist doch nicht so ein sensibler Typ …«

»Eigentlich nicht, aber trotzdem bin ich jetzt irgendwie voll traurig. Wenn du weg bist, wird mir so langweilig. Dann bin ich wieder ein einsamer Wolf. Die Tage werden mir ihre Verachtung ins Gesicht spucken.«

Ich konnte mich nicht zusammenreißen. Er nahm mich ganz, ganz fest in den Arm. »Dann wein dich aus«, sagte er. »Das wird dir gut tun.«

»Ja aber, wenn ich weine, Semih, freuen sich denn dann nicht diejenigen, die dir das alles angetan haben?«

»Ist doch egal«, sagte er. »Was kümmert uns das denn?«

Begierde und Bescheidenheit

Ayşegül Turan gewidmet, für die Nachhilfegeschichten, die sie mir erzählt hat.

Ich kann Englisch nicht leiden. Erst einmal gibt es diese ganzen überflüssigen *tenses*. Und dann die unregelmäßigen Verben *(irregular verbs)*, das eine funktioniert so und so und das andere wieder ganz anders, erst kommt die zweite Form, und dann gibt es auch noch die dritte. Wenn du nichts Besseres zu tun hast, kannst du dich den ganzen Tag hinsetzen und sie auswendig lernen, *speak-spoke-spoken*, in welcher Sprache bitteschön gibt es denn so hässliche Wörter? Wir kriegen Bücher mit angeblich einfachen Geschichten zu lesen, aber bis du da eine Seite durchhast, musst du mindestens zwanzigmal in den Redhouse gucken. Jedes englische Pisswort hat im Türkischen mindestens vierzig verschiedene Bedeutungen, auf die du nur aus dem Satzzusammenhang schließen kannst, aber sicher bist du dir nie. Dann willst du jemanden fragen, der richtig gut Englisch kann. Aber das geht ja auch nicht, am Ende hältst du die Person andauernd von ihrer Arbeit ab. Darauf hab ich keinen Bock.

Und weil ich insgesamt keinen Bock hatte, schmiss ich irgendwann im ersten Drittel des Schuljahrs einfach alles hin. Der Lehrer war eigentlich in Ordnung, vor den Halbjahreszeugnissen hat er für alle schlechten Schüler extra noch mal eine mündliche Prüfung gemacht, um ihnen eine Chance zu geben. Aber dafür hab ich nicht geübt. Also standen am Ende vor dem Lehrer und unseren vierzig Mitschülern genau zwei Leute, die in Englisch komplett verkackt hatten. Das waren ich und der allerdümmste Typ aus unserer ganzen Klasse.

Der Lehrer: »Dann geb ich euch halt eine Hausaufgabe, damit ihr wenigstens durch die Prüfung kommt.« Aber wie er so »wenigstens« gesagt hat, das hat mich voll aufgeregt. Der

Dumme hat seine Hausaufgabe gemacht und ist durchgekommen. Ich hab meine nicht abgegeben. Ist doch voll bescheuert, jemandem in den Arsch zu kriechen, nur um eine gute Note zu kriegen. So was brauch ich nicht. Dann lass ich mich lieber von meinem Vater verdreschen als den Lehrer anzuschleimen. Das ist ehrenhafter. Wie heißt das noch, *honor*. Dieses gottverdammte Volk sagt für unser Wort onur einfach *honor*, und das nicht zu wissen ist echt kriminell. Ich hab im Redhouse noch nach anderen Wörtern gesucht, die auf mich zutreffen, *loser* und so.

Der Lehrer sagte: »Ich hab ein reines Gewissen«, und verpasste mir mein Mangelhaft. Ich nahm mein Zeugnis, verließ die Schule und dachte mir: Hätte ich doch bloß irgendjemanden diese Hausaufgabe für mich machen lassen. Ich heulte vor Wut. In dem Moment konnte ich echt die Psyche der jungen Menschen verstehen, die in Amerika Amok laufen und in ihrer Schule einfach alle abknallen. Das war eine komische Erleuchtung. In einer nicht besonders klugen Klasse, bei der man sagen kann, ein Drittel der Schüler ist richtig dumm, war ich der einzige Typ, der in Englisch durchgefallen ist. Also okay, ich sag jetzt nicht, dass ich voll das *brain* bin, aber wenn ich mich angestrengt hätte, hätte ich es auf jeden Fall geschafft. Meine Eltern würden bestimmt eine Erklärung verlangen. Wenn ich sagen würde, dass der Lehrer mich auf dem Kieker hätte, wäre das eine echte Lüge gewesen. Ich war bestimmt einer der wenigen Schüler, die er in seinem ganzen Berufsleben überhaupt hat durchfallen lassen, und ihm selber tat es auch leid. Wenn es dir schon leid tut, musst du mich ja nicht durchfallen lassen. Dann hätte ich mich im zweiten Halbjahr mehr angestrengt.

Ich ging nach Hause, mein Vater schaute sich das Zeugnis an. Er ist eigentlich eher streng. Einmal hat er mich auf einem Picknick dreimal mit der Faust geschlagen, bloß weil ich beim Bolzen zu ihm gesagt hab: »Ich pflanze eine Pinie in die Fotze deiner Mutter, und in ihrem Schatten fick ich deine Schwester.«

Er wollte mich sogar noch mehr schlagen, aber meine Mutter ging dazwischen. Da war ich acht, und in dem Alter kann ein Mensch ja wohl mal interessante Schimpfworte aufschnappen und dem nächstbesten Menschen ins Gesicht rufen, ohne sich über die Konsequenzen im Klaren zu sein. Andererseits hatte mein Vater auch recht, weil in dem Satz meine selige Großmutter vorkam und meine Tante, die mit ihrem Mann nicht weit von uns auf dem Rasen saß. Deshalb ist er ausgerastet. Einmal hab ich einen stadtbekannten Irren, der immer bei unserem Laden rumhängt, in dem wir Trockenfrüchte und geröstete Kerne verkaufen, angeschrien: »Warum redest du mit dir selber, du Idiot?«, und mein Vater hat mich sofort geschlagen. Okay, da war ich schon zehn, aber ich war auf einmal so sauer auf den Irren und dachte, er tut bloß so *crazy*.

Mein Vater legte also das Zeugnis zur Seite, und ich machte mich schon mal bereit, einen eventuellen Faustschlag abzuwehren. »Setz dich auf den Hosenboden und verbesser dich«, sagte er, gab mir das Zeugnis zurück und sagte nichts mehr. Ich dachte, vielleicht kommt er nachts in mein Zimmer und schlägt mich, deswegen wartete ich lange, bevor ich mich schlafen legte, aber er kam nicht. Irgendwas ist sowieso mit meinem Vater los, seit mein Opa gestorben ist. Er ist ganz kraftlos geworden. Er ist nicht mehr das Schwergewicht, das im Ring um den goldenen Gürtel kämpft, sondern ein sanfter Ex-Boxer, der Tausende von Faustschlägen einstecken musste und darüber weltweise wurde. Letztens hat er sogar zu meiner Mutter gesagt, dass er nächstes Jahr auf Pilgerfahrt nach Mekka geht.

Obwohl ich die Angelegenheit ohne Prügel überstanden hatte, konnte ich mich nicht so recht freuen. Ich fühlte mich irgendwie schlecht. Vielleicht hätte ich auch gar nicht so eine schlechte Laune gekriegt, wenn mir mein Vater ein paar in die Fresse gegeben hätte. Dann wäre ich nämlich im Kopf damit beschäftigt gewesen, auf meinen Vater wütend zu sein, und hätte leichter vergessen, dass ich der einzige Typ in der Klasse 8-F bin, der in

Englisch durchgefallen ist. Am nächsten Tag merkte meine Mutter, dass ich traurig war. Sie merkt nämlich immer alles. Sie hatte aus dem No-Frost (*no* kenn ich natürlich, aber was heißt *frost*?) grüne Bohnen hervorgeholt, die sie im Sommer eingefroren hatte, und war damit beschäftigt, sie in Stücke zu brechen. Als sie mich sah, legte sie die Bohnen beiseite und begann, Telefonate zu führen. Mir war klar, dass sie etwas vorhatte, das ich nicht mitkriegen sollte. Nach zwei Tagen kam sie zu mir.

»Ich hab dir eine Nachhilfelehrerin besorgt.«

»Wofür?«

»Englisch.«

»Oh Mama, spinnst du? Willst du mir auch noch die Winterferien verderben? Ich muss mich doch schon das ganze Jahr mit tausend Lehrern rumschlagen.«

»Es ist aber keine von diesen Lehrerinnen. Sie ist selber Studentin und war auf einem englischsprachigen Gymnasium.«

»Und woher willst du das Geld nehmen? Papa zahlt das doch nicht. Wir blamieren uns.«

»Doch, ich hab schon mit ihm geredet. Sie nimmt ohnehin nicht so viel, weil sie keine Englischlehrerin ist.«

»Wie viel will sie denn?«

»Fünfzig pro Stunde.«

»Alter! Gebt mir lieber das Geld, dann streng ich mich an wie ein Ochse.«

Die Lehrerin, besser gesagt die Studentin, hieß Gizem, und sie kam genau zur richtigen Zeit. Sie war eines von diesen schnuckeligen, jungen Dingern, die nicht ganz klar haben, wie schön sie eigentlich sind, und immer voll verwirrt in der Gegend rumschauen. Kennst du diesen Typ Frauen? Ich sterbe. Wie eine Göttin, die gerade dem Meer entstiegen ist. Die finde ich sogar schön, wenn sie in Sagen vorkommen.

»Wo wollen wir anfangen?«, fragte sie.

»Was weiß ich, für mich ist alles gleich. Egal wo wir anfangen«, sagte ich. »Ich kapier es ja sowieso nicht.«

Ich stöhnte und ächzte und kramte meine Englischsachen hervor. Schließlich versaute sie mir die Ferien. Während alle Welt draußen Fußball spielte, herrschte bei uns zu Hause eine Atmosphäre wie in einem bescheuerten Film mit einer französischen Nanny.

Kein Ton wird gesprochen, meine Mutter wischt nicht einmal Staub. Sie klebt an ihrem Sessel im Wohnzimmer, ohne sich zu rühren, damit es bloß keinen Lärm gibt. Das einzig Gute ist, dass Gizem so schön ist. Aber ob das gut oder schlecht ist, steht auf einem anderen Blatt. Sie ist schön, aber nur für sich selber. Was hab ich denn davon? Gar nichts. Wenn ich sie küsse, wird sie sofort ganz kalt und haut mir eine runter.

Wir fingen an. Gizem wusste echt ganz schön viel, und wichtiger noch: Sie war geduldig. Manchmal tat ich so, als hätte ich etwas nicht verstanden, obwohl ich es schon konnte, und sie versuchte es auf eine andere Weise zu erklären. Dabei fand sie Beispiele aus dem täglichen Leben, die sie mit *for example* einleitete und in einfachen Sätzen formulierte. Sie war nie ätzend zu mir. So gewann sie mein Vertrauen. Einmal, als ich eine *exercise* richtig gemacht hatte, strich sie mir mit der Hand durchs Haar und sagte: »Bravo, Junge! *Well done!*« Ich antwortete ihr, indem ich in der gleichen Weise mit der Hand durch ihr Haar strich. Da hat sie aber sofort Distanz eingenommen und mich nie wieder berührt.

Das zweite Halbjahr begann. Ich war langsam von Gizem genervt. Am Anfang hatte ich mich voll ins Zeug gelegt, um bei ihr einen guten Eindruck zu machen. So was hat doch jeder, dass er bei Frauen einen guten Eindruck machen will. Die männliche Intelligenz formt sich an den Anstrengungen, die einer unternimmt, um Frauen zu imponieren. Sobald ich etwas Fortschritte in Englisch machte, begann meine Mutter den Nachbarn zu erzählen, dass ihr Sohn Englisch wie seine Muttersprache beherrschte. Mein Vater schaltete jeden Abend CNN ein, um zu überprüfen, ob sie recht hatte oder nicht. Er rief mich zu sich, ließ mich zuhören und fragte dabei ununterbrochen und leicht panisch: »Was hat er gesagt? Kannst du das schon verstehen? Was hat er gesagt?« Ich dachte mir Sachen aus, die irgendwie zu den Bildern passten. Er freute sich, ohne es mir zu zeigen.

Alles in allem hat Gizem mein Leben ruiniert. Sie kam einmal pro Woche, erklärte mir eine Stunde lang Grammatik und verschwand wieder. Ich hingegen wartete sechs Tage und dreiundzwanzig Stunden darauf, dass sie wiederkam. Ich dachte an sie. Gizems Augen, Gizems Haare, Gizems Blicke, Gizems Beine, Gizems Brüste, Gizems Duft, Gizems vergessene Haarklammer, Gizems häufige Verwirrung, Gizems von Nachhilfestunde zu Nachhilfestunde wechselnde Stimmung, Gizems Lippen, die sich abstrampelten, damit ich ihr eine Vokabel korrekt nachsprach, Gizems Lachen, das einem Mann unverhofft Hoffnung machte … Es gab so viel an Gizem, das mir keinen Raum ließ, an etwas anderes zu denken. Einmal, als ich an Gizem in ihrer schönsten Form dachte, erwischte mich meine Mutter. Ich zog schnell die Bettdecke über meinen Körper. Am nächsten Tag, als ich im Laden Kichererbsen röstete – nichts macht mehr Spaß, als die Kichererbsen in dieser Maschine umzurühren –, kam mein Vater und berichtete mir die neuesten wissenschaftlichen Erkenntnisse darüber, dass Masturbation dumm macht. Ich tat, als glaubte ich ihm. »Hat euer Religionslehrer euch denn schon die große Waschung beigebracht?«, fragte er. Ich sagte nichts, und er ritt nicht weiter auf dem Thema rum. Wir musterten einander voller Zweifel und Sorge, mit den verwirrten und hilflosen Blicken zweier Kerle, deren sämtliche Kommunikationswege außer der Telepathie verstopft waren.

Obwohl ich vor der Klassenarbeit gar nicht geübt hatte, ging ich mit einem souveränen Gefühl hin, weil ich wusste, dass ich noch von den Tagen zehren konnte, an denen ich mich ins Zeug gelegt hatte, um Gizem zu beeindrucken. Ich warf einen Blick aufs Arbeitsblatt, *easy-peasy* Fragen. Mit Gizem hatte ich Mal um Mal Aufgaben gelöst, die zehnmal schwerer gewesen waren. Im zweiten Halbjahr hat unser Lehrer nämlich echt übertrieben und so einfache Fragen gestellt, als sei ihm besonders daran gelegen, dass selbst ich diesmal durchkam. Er wusste natürlich nicht, dass ich Nachhilfe bekam. Meine Mutter hatte gesagt, ich soll es niemandem sagen, wahrscheinlich, damit wir den vollen Erfolg auskosten konnten. Wäre ich Hundertmeterläufer gewesen, hätte sie mich wahrscheinlich gedopt. So ist meine Mutter halt drauf. Aber Gizems Anteil an meinem potentiellen Erfolg war wirklich nicht zu verachten. Deshalb löste ich alle Fragen falsch, obwohl ich die richtigen Antworten wusste. Ehrlich gesagt, ich wollte Gizem nicht dieses Siegesgefühl auskosten lassen, dieses Ich-mach-noch-aus-dem-größten-Nichtsnutz-einen-Erfolgsschüler-Gefühl. Ich gönnte es ihr nicht. Ich finde, so viel unerwiderte Begierde muss auch ihren Preis haben.

Meine Mutter kam vom Elternabend als eine Frau zurück, der sämtliche ideelle Werte, an die sie je geglaubt hatte, zusammengebrochen waren.

»Er hat schon wieder eine schlechte Note!«

Mein Vater faltete seine Zeitung zusammen und stellte sich vor mich hin. Ich hab zwar gesagt, dass er ein sanfter Mann geworden ist, aber so sanft nun auch wieder nicht. Er schlug mir mit der gefalteten Zeitung ins Gesicht.

»Du Hornochse!«

Er mag es noch so sehr verdrängen, es bahnt sich seinen Weg. Der Mann hat die Gewalt einfach im Blut. Ich spürte, wie der sibirische Tiger in ihm langsam erwachte, und nahm Deckung ein.

»Ich racker mich von morgens bis abends ab, um Punkt sieben mach ich den Laden auf, nur damit du studieren kannst. Ich komm keinen Tag vor zehn nach Hause, nur damit du studieren kannst. Ich zahle eine Privatlehrerin, nur damit du was lernst und aus dir was wird. Jetzt streng dich gefälligst an. Du elender Herumtreiber! Hurenbock! Vollidiot! Straßenköter!«

Wenn mein Vater wütend ist, reicht ihm ein Fluch nicht aus. Es muss immer gleich eine Auswahl bunter Variationen ohne inneren Zusammenhang sein. Das kommt sicher vom Handel mit Dörrobst, Nüssen und Kernen, da will man dem Kunden ja auch immer eine große Tüte Gemischtes mitgeben. Meine Mutter stellte sich wieder zwischen uns. »Vielleicht hat sie es ihm falsch beigebracht«, sagte sie und lenkte den Verdacht auf Gizem. So funktioniert der Mutterinstinkt: Er sucht die Gründe für Versagen immer zuerst in äußeren Bedrohungen. Sie rief Gizem an und sprach mit einem leicht vorwurfsvollen Unterton. Gizem bot an, uns das Geld zurückzugeben. Sie akzeptierte also die Vorwürfe. Das ist meines Erachtens eine besondere Form von Egoismus – die Verantwortung auf sich zu nehmen, selbst wenn man unschuldig ist. Ich kenne diese Art Mensch ganz genau. Als Hiroshima bombardiert wurde, litten sie unter den allerschlimmsten Schuldgefühlen. Sie tragen ein reines Gewissen vor sich her, aber unter ihnen findet man auch welche, die völlig verkommen sind und nach Bombenattentaten von Telefonzellen aus die Zeitungen anrufen, um sich im Namen einer Organisation zu dem Anschlag zu bekennen. Es gibt so viele Arten von Menschen, man kommt mit dem Analysieren gar nicht hinterher. Meine Mutter akzeptierte Gizems Geld-zurück-Garantie nicht. Mein Vater gab einen angemessenen Kommentar von sich: »Das hat nichts mit dem Mädchen zu tun. Bei diesem Straßenköter hilft auch keine Lehrerin mehr.«

Als Gizem in dieser Woche zur Nachhilfe erschien, war sie unendlich traurig. Schöne Frauen leiden einfach mehr als andere Menschen auf dieser Welt, aber das kann ich auch nicht ändern. Das war schon immer so. Wenn ich sie nicht verletze, tut es ein anderer. Sie hatte meinen Lehrer aufgesucht und sich das Arbeitsblatt geben lassen. Sie legte es vor mich hin. Sie hatte verstanden, dass ich die Aufgaben absichtlich nicht gelöst hatte. »Das haben wir alles gemacht und du kannst es«, sagte sie. »Okay, sagen wir, du hast die zweite und dritte Form der Verben vergessen. Aber hast du auch vergessen, dass nach ›*I*‹ immer ›*have*‹ kommt? Ist das so schwer?«

»Aber du hast mir beigebracht, dass nach dem Singular immer *›has‹* kommt.«

»Aber nicht nach der ersten Person.«

»Wieso? Bin ich etwa nicht Singular? Wie viele Personen bin ich denn bitteschön? Wie viele Personen bist du?«

»Warum verhältst du dich so?«

»Warum verhältst du dich denn so, Miss Özdoğru?«, sagte ich. »Warum schmeißt du nicht alles hin und kommst nie wieder? Warum willst du dein egoistisches Erfolgsgefühl an mir befriedigen?«

»Was für ein egoistisches Erfolgsgefühl bitte? Der Notendurchschnitt an türkischen Mittelschulen ist mir völlig gleich. Ich brauche einfach das Geld.«

»Dann gib doch jemand anderem Nachhilfe.«

»Tu ich ja. Ich hab noch drei andere Nachhilfeschüler.«

»Wenn du vier Nachhilfeschülern je eine Stunde pro Woche für 50 Lira gibst, verdienst du im Monat 800 Lira«, sagte ich. »Das ist ganz schön viel. Ich hab noch nie so viel Geld in der Hand gehabt.«

»Das brauche ich für meine Miete und meine anderen Ausgaben. Um dir Nachhilfe geben zu können, hab ich einen anderen Schüler abgelehnt. Deiner Mutter war das nämlich ganz schön wichtig. Ich finde nicht so einfach Nachhilfeschüler, weil ich keine ausgebildete Englischlehrerin bin.«

»Dann mach doch einfach deine Arbeit, steck dein Geld ein und geh, statt dich auch noch einzumischen.«

»Damit ich mein Geld kriege, musst du aber mindestens 60 Punkte kriegen.«

»Why?«

»Was heißt hier *why*? Denk doch mal an deine Eltern! Meinst du, die schmeißen das Geld gerne zum Fenster raus?«

»Sie schmeißen es nicht zum Fenster raus, sondern geben es dir, damit du deine Miete zahlen kannst.«

»So geht das nicht weiter.«

»Hast du einen besseren Vorschlag? Gib mir doch die Hälfte von deinem Geld, dann schreib ich auch 60 Punkte. Wenn du 80 Punkte willst, musst du schon ein bisschen mehr auf den Tisch legen.«

»Gut, dann lassen wir es halt sein.«

Ich zog mit. »Lassen wir es sein.«

Sie packte ihre Tasche zusammen. Ich war tatsächlich für sie gestorben! »Und was sagen wir meiner Mutter?«, fragte ich.

»Ich sage ihr, dass ich keine Zeit mehr hab, weil ich für meine Klausuren lernen muss«, sagte sie.

»Warum sagst du nicht, dass dieser Volltrottel ein hoffnungsloser Fall ist? Warum nimmst du die Verantwortung auf dich?«

»Weil du kein Volltrottel bist, sondern nur ein wenig arrogant. Du bist ziemlich eingebildet, aber eigentlich bist du ein lieber Junge.«

Wieder passierte ihr es, dass sie durch mein Haar strich. Ich griff nach ihrem Nacken, zog sie zu mir und küsste sie auf die Lippen. Sie riss sich frei. Ihre Augen sprangen hervor. Sie glotzte mich starr vor Schreck an, wie ein Kind, das bei einem Freiluftkonzert seine Mutter verloren hat. Aber das hatte sie sich selbst zuzuschreiben. Baby, du darfst einen Mann wie mich, immerhin war ich schon dreizehn, nicht einfach wie ein Kind behandeln und mit Ausdrücken wie lieber Junge anmachen. Dann nimmt er dich halt und küsst dich, und du sitzt einfach nur da. Gizem überwand ihre Verwirrung und gab mir eine schallende Ohrfeige. Vor Nervosität zitterte ihre Kinnlade. »Vollidiot!«, flüsterte sie. Sie nahm ihre Tasche und stand auf. Sie war so sauer, dass sie sich noch einmal umdrehte und gegen meinen Stuhl trat. Ich wäre fast runtergefallen.

Besondere Aufmerksamkeit verdient der Umstand, dass das alles innerhalb von sechs Sekunden passierte. Du küsst sie, sie guckt dich an, knallt dir eine, beleidigt dich, steht auf, kommt zurück, tritt gegen den Stuhl und du fängst dein Gleichgewicht, kurz bevor du hinfällst. Alles innerhalb von sechs Sekunden. Ich weiß ganz genau, dass wir beide diese sechs Sekunden nie vergessen werden. Die sechzehn Stunden, die wir zusammen Englisch geübt haben, werden in Vergessenheit geraten. Mit jedem neuen Tag werden sie in tieferes Dunkel versinken. Aber diese sechs Sekunden werden für immer an der Oberfläche bleiben. Sie werden erst mit unseren Leichen unter der Erde verschwinden. Wenn wir uns in sechzehn Jahren zurückerinnern und auf unsere gemeinsame Vergangenheit blicken, wird es uns vielleicht gar so vorkommen, als hätten wir uns stundenlang, ja tagelang geküsst. Der Moment, in dem ich sie küsste, und das was danach passierte, das alles wird wachsen, sich ausweiten und über seinen Umfang hinausfließen.

Sie zog die Tür zu und ging. Um ein Haar wäre sie mit meiner Mutter zusammengestoßen, die gerade ein Tablett mit Tee und Keksen bringen wollte.

»Was ist passiert?«

»Sie gibt mir keine Nachhilfe mehr.«

»Warum?«

»Weil sie Klausuren hat.«

»Wo soll ich denn jetzt ein Mädchen wie sie für dich finden? Sie hats für so wenig Geld gemacht.«

Manchmal glaube ich, dass meine Mutter schon weiß, dass ihre Bemerkungen total zweideutig sind. Als ob sie mich heimlich verarschen wollte.

»Sie hats überhaupt nicht mit mir gemacht, Mama, nicht ein einziges Mal.«

»Wie meinst du das?«

»Sie hat mir einfach nicht das beigebracht, was ich wissen muss.«

Gleich am nächsten Tag nahm meine Mutter die Suche nach einem neuen Nachhilfelehrer auf. »Ich will keinen anderen Nachhilfelehrer«, sagte ich. »Wenn überhaupt, soll Gizem wiederkommen.«

»Warum? Du hast doch gesagt, sie hat dir nichts beigebracht.«

»Ich hab mich an ihre Lehrmethoden gewöhnt. Sie kommt aus der US-amerikanischen Schule. Ihr Akzent ist etwas scheiße, aber sie kann gut erklären. Mit einem anderen Nachhilfelehrer kann ich nicht arbeiten.«

Meine Mutter ging ans Telefon und holte ihre ganze Überzeugungskunst raus, sie setzte sogar ihre weinerliche Stimme ein, aber es half alles nichts. Mein Vater war, abgesehen von vereinzelten Gewaltausbrüchen, noch der Vernünftigste von uns allen. »Dann geben wir ihr halt 75 Lira pro Stunde«, sagte er, »Geld öffnet jede Tür.«

Bevor er Gizem anrief, drehte er sich zu mir um. »Ich zahle 75 Lira für Nachhilfe, aber wenn du sitzen bleibst, fick ich den Saft aus dir heraus, ist das klar?«

Das war eine ziemlich unverhüllte Drohung.

»Hallo, Fräulein Gizem. Guten Tag. Ich bin der Vater von Serkan. Wie geht es Ihnen, insh'allah?«

Als wäre es nicht derselbe Mann, der einen Augenblick zuvor so furchtbare Worte gefunden hatte. Wie er von einer Sekunde auf die nächste total umschaltet, darüber könnte ich mich jedes Mal kaputtlachen.

»Schauen Sie, wir wissen natürlich, wie viel Sie selbst für die Uni tun müssen. Aber unser kleines Spinnerchen kommt mit anderen Lehrern nicht zurecht. Er hat sich sehr an Ihre Lehrmethoden gewöhnt. Sie kommen eben aus einer sehr guten Schule. Also, ich könnte Ihnen anbieten, dass wir das Stundenhonorar um 25 Lira erhöhen. Außerdem müssen Sie nicht den weiten Weg zu uns machen. Sagen Sie uns einfach, wann es Ihnen am besten passt, und ich schicke den Jungen zu Ihnen. Wo auch immer Sie den Unterricht geben wollen. Ich weiß natürlich, dass Ihr Können viel mehr wert ist als 75 Lira, aber Sie kennen ja unsere Verhältnisse. Mehr können wir Ihnen leider nicht anbieten.«

Am anderen Ende der Leitung gab Gizem eine klare Antwort, aber mein Vater ist keiner, der leicht aufgibt. Er ist kein

Loser, er ist ein richtiger Verkäufer, er spielte auf Zeit und suchte nach einem schwachen Punkt.

»Also, ich weiß ja, dass unser Junge ein elender Penner ist und aus ihm nichts Besonderes werden kann. Falsche Hoffnungen machen wir uns nicht. Ich will einfach nur, dass er die Mittelschule abschließt. Wir haben auch keine hohen Erwartungen an Sie als Lehrerin. Machen Sie sich nur keinen Stress. Es reicht doch vollkommen, wenn er nicht sitzenbleibt. 40 Punkte reichen doch. Falls er doch eine Ehrenrunde drehen sollte, brauchen Sie uns auch nichts zurückzuzahlen. Wenn er versagt, liegt das nur daran, dass er ein dummer Hund ist.«

Mein Vater dachte noch kurz nach und wägte seine Worte ab.

»Oder war er etwa unverschämt zu Ihnen?«

»Aha, so ist das also«, sagte er. Er schaute mich an. In dem Moment gefror mir das Blut in den Adern. Wenn sie gesagt haben sollte, dass ich sie festgehalten und geküsst habe … Wir wohnen im dritten Stock. Mein Vater schmeißt mich aus dem Fenster, ohne darüber nachzudenken, dass ich sein eigen Fleisch und Blut bin. Ich konnte mir den gesamten Film in seinem Kopf vorstellen. Sexuelle Belästigung in seinem eigenen Haus, wo er doch dieses Jahr auf Pilgerfahrt nach Mekka will. Dann, dass ich nicht wusste, wie man die große Waschung macht. Das ganze Geld, das er auf die Nachhilfe verschwendet hat. Meine grundlose Aggression gegenüber dem Irren, dem er jeden Abend umsonst geröstete Kichererbsen gab. Der Tag, wo ich beim Picknick seine Mutter und seine Schwester beleidigt hatte. Dann sein Tod und wie er mir seinen Trockenfrüchteladen hinterlässt, gefolgt von ein paar Szenen, in denen ich sein ganzes Vermögen mit unmoralischen Frauen verprasse, unterlegt mit meinem dämonischen Lachen als Soundeffekt. Mit diesem Film im Kopf würde er gleich halb von Sinnen auf mich losstürzen.

Er legte auf. Meine Mutter fragte: »Und, was ist?«

»Sie sagt, er sei eigentlich ein kluges Kerlchen und sie habe kein Problem mit ihm. Aber sie hat wichtige Prüfungen.«

Irgendwann muss irgendjemand in unserem Land allen Mädchen furchtbare Angst eingejagt haben, so dass bis heute keine von ihnen mehr den Mut hat, die Wahrheit zu sagen. Ey, wenn ich ein Mädchen wäre und so ein Typ, dem ich Nachhilfe gebe, würde mich einfach abknutschen, ich würde die ganze Welt gegen ihn hetzen. Ich würde seine Mutter ficken.

Meine Mutter fing zu weinen an. Ich streichelte ihr die Schulter. »Nicht weinen, Mama«, sagte ich. »*Don't cry for me!* Ich krieg das schon hin. *Just do it!*« Ich zog mich in mein Zimmer zurück, als hätte ich ein riesiges Unrecht erlitten. Ich hörte ein bisschen Musik und blickte in den Himmel. Ich fragte mich, was wir eigentlich in dieser Galaxie taten, wozu all diese bescheuerten Sachen und all das Leid? Nach zwei, drei Wochen kriegte ich mich wieder ein und hörte kurz damit auf, mich wie ein Straßenköter und Vollidiot zu benehmen. Zwei Tage vor der Klassenarbeit setzte ich mich hin und übte richtig fleißig. Normalerweise übe ich nur ein bisschen am Abend vor der Arbeit. Am Tag der Arbeit zwang mich meine Mutter, ein Reiskorn zu schlucken, über dem ein Hodscha Koransuren gelesen hatte. Ich bekam 72 Punkte, ging nach Hause und sagte, ich hätte 80 geschrieben. Meine Mutter freute sich, mein Vater versteckte seinen Stolz. »Gizem hat eine gute Grundlage bei dir geschaffen«, sagte er. »Erfolg stellt sich nicht über Nacht ein, du hast dich eben erst bei der zweiten Klassenarbeit verbessern können. Das Mädchen hat ein sauberes Fundament gelegt.«

»Papa, ich will in die Richtung weitermachen. Kannst du nicht Gizem anrufen und ihr 100 Lira pro Stunde anbieten, und sie soll nach ihren Klausuren in den Sommerferien mit mir lernen?«

»Das geht nicht. Das wären ja 400 im Monat. Das ist fast schon ein Mindestlohn.«

»Papa, bitte. Setz doch nicht meine Zukunft aufs Spiel. Ich will doch Tourguide werden oder so. Was soll ich denn in so nem Dörrobstladen versauern, ich will Fremdsprachen lernen.«

»Meinst du das ernst?«

»Yes I am.«

»Dann ruf du sie an und rede mit ihr. Wenn sie ja sagt, zahl ich ihr 60.«

»Aber du hast doch gesagt, dass du ihr 75 gibst.«

»Das war mal. Jetzt hast du schon eine stabile Grundlage. Sie muss keinen Holzklotz mehr bearbeiten.«

»Das geht nicht am Telefon. Wir haben es so oft versucht und sie kommt nicht. Ich kauf ihr ein Geschenk und geh zu ihr hin.«

»Was willst du ihr denn schenken?«

»Keine Ahnung. Ich geh in die City und gucke nach was.«

»Wie viel soll ich dir geben?«

»Gib mir mal 100 Lira.«

»Wie bitte?«

»Okay, gib mir 50.«

Ich nahm die 50 Lira, steckte 40 in meine Tasche und ließ für 10 Lira einen Strauß Blumen binden. Als ich zum Campus reinwollte, guckte der Sicherheitsmann am Eingang ganz blöd. Ein Problem mit meinem Selbstbewusstsein hatte ich nie. Ich tat sofort so, als wäre ich ein Blumenlieferant.

»Wem bringst du die denn?«

»Gizem Özdoğru, Institut für Psychologie. Sie sind von ihrem Verlobten. Er sagt, es sei sehr wichtig.«

»Dann hurtig.«

»Krieg ich keine Besucherkarte?«

»Nein, du kannst durch.«

»Der Mann vor mir hat aber eine gekriegt.«

»Lass jucken, Junge.«

Ich ging zu Gizems Institut. Ich fragte ein paar Leute. Sie sagten, ich solle in der Cafeteria gucken. Sie saß in der Cafeteria mit ihren Freunden. Ich schaute sie aus der Ferne an. Mein Selbstbewusstsein brach mit einem Mal zusammen, und ich wurde ganz schüchtern. Das passiert immer, wenn man sich zu sehr in Vorfreuden reinsteigert. Plötzlich wandelt sich Begierde in Scham. Das ist die Kurzfassung meines Lebens, eine Kette von Ereignissen, bei denen ich mich heute noch so schäme, dass ich eine Gänsehaut kriege. Wie ich beim Picknick geflucht hab, wie ich den Irren angeschrien hab, wie meine Mutter mich im Zimmer erwischte, wie ich Gizem geküsst hab ... Reicht das nicht? Anscheinend nicht. Ich hatte anscheinend das geistige Potential, noch tiefer zu sinken. Ich ging zu ihr hin. Ich hielt ihr die Blumen hin. »Vielen Dank, Gizem«, sagte ich mit zittriger Stimme. »Ich hab 94 Punkte geschrieben.« Ihre Freunde lachten etwas herablassend, glaube ich. Zumindest kam es mir so vor.

»Können wir mal unter vier Augen reden?«

Wir setzten uns an einen anderen Tisch. Der Blumenstrauß blieb an dem Tisch, wo sie vorher saß.

»Freut mich«, sagte sie.

»Was?«

»Dass du 94 Punkte bekommen hast.«

»Eigentlich hab ich 72 Punkte geschrieben, aber vor deinen Freunden wollte ich nicht so eine durchschnittliche Note sagen.«

Sie fragte mich, wie es meinen Eltern ging. Mir wurde klar, dass sie über die Knutschsituation gar nichts sagen würde. Deswegen machte es auch keinen Sinn mehr, mich so mir nichts dir nichts zu entschuldigen. Ich mag es sowieso nicht, mich zu entschuldigen. Wir haben angerufen, Blumen gekauft und uns bedankt. Was soll ich denn noch machen? Soll ich etwa zu deinen schönen Füßen sinken, die beim Nachhilfeunterricht mit viel Glück ein- oder zweimal meine Beine gestreift hatten?

»Ich hol dir einen Tee«, sagte sie und stand auf. An der Uni geht es voll locker zu, jeder macht, was er will, Tee, Zigaretten, die Professoren duzt man, es gibt voll aufregende Kloppe zwischen Studenten unterschiedlicher politischer Richtungen, und was am allerwichtigsten ist: Egal wo du hinguckst, alles ist voll mit schönen Mädchen. Da blüht man richtig auf. Man muss sogar richtig gute Augen haben, um Gizems Schönheit überhaupt noch besonders zu finden. Ich hab gehört, wer einmal an die Uni kommt, will gar nicht mehr aufhören, sie machen noch Master und Doktor, und bestimmt wollen die Leute nur akademische Karriere machen, weil sie am ersten Tag so glücklich und so überfordert waren.

Gizem kam mit zwei Gläsern Tee und acht Würfeln Zucker zurück. Sieben davon nahm ich. Sie hatte nicht vergessen, wie ich meinen Tee trinke. Ein aufmerksames Mädchen. Ich fragte sie, ob sie mir in den Sommerferien wieder Nachhilfe geben wolle. »Auf keinen Fall«, sagte sie wieder. Ich hatte mir vorgenommen, mit dem Preis bis 150 Lira hochzugehen. 40 hatte ich in der Tasche, mein Vater wollte 60 geben, und 50 könnte ich aus meiner Mutter herauskitzeln, damit wäre die erste Stunde finanziert. Für die zweite würde ich auf Allahs Güte vertrauen. Irgendwie würde ich ihm das schon klarmachen. Und vielleicht hätte Gizem nach der Stunde noch ein bisschen Zeit, und wir könnten uns auf den Balkon setzen, Kerne knabbern und Ice-Tea trinken. Dann würden wir rausgehen, und ich würde sie bis zur Bushaltestelle bringen. Sie würde in den Bus steigen und ihr Semesterticket vorzeigen und aus dem fahrenden Bus gucken, ob ich noch an der Haltestelle stand. Ich würde ihr winken und lächeln. Das sind doch bescheidene Wünsche, nur so viel, wie drin ist.

»Wenn es ums Geld geht, mach dir keine Gedanken, Gizem. *Don't worry.*«

»Es geht nicht ums Geld. Ich gehe in die USA.«

»Wie das denn?«

»Mit einem Fulbright-Stipendium.«

»Wann kommst du zurück?«

»Nach zwei oder drei Jahren.«

»Freut mich«, sagte ich. Obwohl ich richtig traurig war, stand ich auf wie ein echter Gentleman, der seine Gefühle zu verbergen weiß. Wir gaben uns die Hand. Eigentlich wollte ich sie noch fragen, ob eine ihrer Freundinnen mir Nachhilfe geben könnte, aber ich blieb stumm. Wo ich schon mal so eine gute Figur gemacht hatte, konnte ich nicht mehr zurück. Diese Leidenschaft hat ja jeder Mensch, bei den anderen Menschen eine möglichst gute Figur zu machen. Ich ging zur Tür. Bevor ich rausging, drehte ich mich noch einmal um und schaute nach ihr. Immerhin war sie eine Frau, die ich geküsst hatte. Wie viele Studentinnen konnte ein Mensch in seinem Leben schon küssen? Okay, ist vielleicht eine blöde Frage, aber: Welcher dreizehnjährige Vollidiot kann schon eine Frau küssen, die mit einem Fulbright-Stipendium in die USA geht? Aus meinen Ressourcen hatte ich das Optimum rausgeholt.

Ich ging nach Hause und suchte in dem vom lauter Nachschlagen zerschlissenen, auseinanderfallenden Redhouse nach Fulbright. Das stand natürlich nicht drin. Sowieso standen die Wörter, die man am meisten brauchte, nie drin. Da musste man erst bei Google suchen. Aber die Seiten bei Google zu lesen, das ist noch mal ein extra Problem. Für Anfänger ist diese Welt ganz schön schwierig. Richtig schwierig. Manchmal denke ich, sie sollten einem, wenn man auf die Welt kommt, einen unsichtbaren Guide mitgeben, der wie ein Engel designt ist. Der könnte uns immer ins Ohr flüstern, wenn wir es brauchen. Hey, Kollege, Fulbright bedeutet das und das. Das und das ist die Bedeutung von Google. Hier musst du rechts abbiegen. Hier sind die Elektrizitätswerke, da kannst du während der Öffnungszeiten deine Stromrechnung bezahlen. Das wäre dann eine Welt, wo niemand einen Menschen schief anguckt, wenn er mit sich selber redet. Ja. Und dann würde der allmächtige Gott in der Höhe auf unsere Tränen schauen und sagen: Kommet zu mir, meine Kinder, jetzt schaut doch mal, wegen was für Kleinigkeiten ihr traurig seid und wie unendlich groß das Universum ist. Ihr habt genug gelitten, genug bescheuerte Sachen durchgemacht, kommet jetzt und lebt mal ein bisschen auf meiner Seite.

Ich weiß nicht, wen ich lieben soll

Meinem lieben »Bruder« Erkan Gologlu gewidmet …

Auch diesen Sommer sitze ich in unserem Laden und nehme telefonische Bestellungen entgegen. Wie die beiden Jahre zuvor. Onkel Dursun liefert dann mit unserem abgewrackten Laster an die Adressen aus, die ich ihm gebe. Wir verkaufen nicht nur Gasflaschen, sondern auch Gallonen für Wasserspender. Seit mein Vater mit Gasflaschen handelt, ähnelt er wie jeder Gasflaschenhändler einer Kochgasflasche. Er hat eine runde Taille bekommen, eine Glatze und einen Schnurbart. Aber er hat nicht aufgehört, im Kaffeehaus am Platz, das vorher ihm gehörte, Karten zu spielen. Er trägt nur visuell zum Geschäft bei. Die Arbeit haben wir.

Ich würd am liebsten von hier abhauen. Besonders aus diesem halbdunklen Laden mit seiner niedrigen Decke, wo es nach Gas stinkt und ich jeden verdammten Tag in der Erwartung sitze, dass alles in die Luft geht. Wenn ich mich in eine Küstenstadt absetzen könnte, die als Urlaubsort nicht so beliebt ist, würde ich jeden Tag an den Strand gehen und ein halbes Kilo Sonnenblumenkerne knacken. Dazu würde ich eineinhalb Liter eiskaltes Wasser trinken. Aus dem Augenwinkel würde ich Mädchen nachschielen. Wenn ein unerwarteter Windstoß, wie es sie nur an Sommertagen gibt, plötzlich einen Sonnenschirm in die Luft wirbelt, würde ich hilfsbereit hinlaufen, während die Mädchen noch vor Aufregung hüpfen und spitze Schreie ausstoßen, ich würde den fliegenden Schirm greifen und mit aller Kraft in die Tiefen des heißen Sandes hineinstoßen, bis er so fest steht, dass kein Wind ihn mehr umstoßen kann. Dabei würde ich sicher ein oder zwei von ihnen kennenlernen. Abends, wenn der Strand leerer wird und das Meer ganz still liegt, würden wir flache Kieselsteine übers Wasser springen lassen und unbeschwert lachen, deiner ist nur fünfmal gehüpft, aber meiner achtmal, Schatz, würden wir uns necken.

Aber unmöglich. Mein Vater ist ein ziemlich harter Mann. In seiner Jugend hat er jemanden umgebracht und ist bei der Generalamnestie 1974 aus dem Knast gekommen. Richtig viel hat er mich eigentlich nie geschlagen. Er gehört zu den Leuten, die ihre Autorität gerne absichern, ohne Gewalt anzuwenden.

»Guten Abend!«

Ich habe mein Gesicht in meinen Händen vergraben und linse jetzt zwischen Zeigefinger und Mittelfinger hindurch, so wie wenn man heimlich eine Frau anguckt, die sich umzieht und sagt: Du musst aber die Augen zumachen. Es ist Handans kleine Schwester, die kommt.

»Wie geht es dir, Berke Abi?«

»Am Rande des Selbstmords. Braucht ihr Gas oder Wasser?«

»Nein.«

»Setz dich, ich bestell dir einen Tee.«

»Meine Mama will nicht, dass ich lange wegbleibe.«

»Warum bist du dann gekommen?«

»Einfach so. Ich bin grad vorbeigekommen.«

»Schön, dass du da warst.«

»Noch gesegnete Geschäfte.«

»Danke dir.«

Sie ging. Ich schaute nach ihren Kinderschenkeln. Sie war dreizehn und ich siebzehn. Ich hatte es auf Handan abgesehen und – wenn mir ein Wunder zu Hilfe käme – auf ihre Mutter. Aber dieses kleine Mädchen verwirrte mir den Kopf jeden Tag mehr. Bei Handan hatte ich drei Monate die Lage sondiert, ehe ich sie ganz schüchtern fragte, ob sie sich mit mir treffen will. Als sie ja sagte, hab ich mich total gefreut. Bis sie zusammen mit ihrer kleinen Schwester aufkreuzte. Was sollte das bedeuten? Wir können uns treffen, aber mach dir bloß keine falschen Hoffnungen. Wenn ich sie noch mal angerufen hätte, wäre sie vielleicht allein gekommen. Ich nahm meine Hände vom Gesicht und schlug mit der Faust gegen den Tischkalender der Gashändlerinnung. Da kennst du mich aber schlecht, Handan! Ich hab auch meinen

Stolz. Außerdem gibt es andere hübsche Mädchen an unserer Schule. Ich hab eine Menge Möglichkeiten. Aber wir haben Sommerferien. Alle sind irgendwo hingefahren, nur ich sitze hier fest. Ich könnte jetzt am Strand sein und auf einem Bein hüpfen. Weil mir nämlich beim Schwimmen Wasser ins Ohr gekommen ist.

Als ich aus dem Laden kam, war sie schon längst weg. Sie war erst dreizehn Jahre alt, aber auf dem besten Wege, sich zu einem echten Knaller zu entwickeln, wie Handan und ihre Mutter es waren. Klar, in unserem Alter macht ein Jahr Altersunterschied schon viel aus. Aber ich hab gehört, wenn beide Seiten einmal über zwanzig sind, ist der Altersunterschied nicht mehr schlimm. Wenn Handans Schwester zwanzig ist, bin ich vierundzwanzig. Vielleicht würde sie mir dann das Interesse entgegenbringen, das ich von Handan und von ihrer Mutter nie gesehen habe. Bei diesem bescheuerten Treffen im Café, bei dem ihre große Schwester sie als Beobachterin mitgeschleppt hatte, hat sie sehr herzlich gelacht.

»Bülent! Bülent!«

Ich drehte mich um. Es war mein Vater. Er kam leicht humpelnd an, wie immer. Den ersten Schuss hat der Mann abgefeuert, den er umgebracht hat. Der ist ins Grab gewandert und mein Vater humpelnd in den Knast. Sie haben ihm keine Notwehr zugestanden. Seit mein Vater aus dem Knast raus ist, wählt er immer Ecevit, weil der die Amnestie verhängt hat. Er hat Gerechtigkeit walten lassen. Nicht nur bei der Strafe meines Vaters, sondern in allen politischen Angelegenheiten. Dabei sind alle Freunde meines Vaters Graue Wölfe. Sie haben dünne Schnurrbärte, die über die Mundwinkel ragen, tragen Anzüge und sind immer total ernst. Als Ecevit mit der MHP eine Koalition einging, hat sich niemand mehr gefreut als mein Vater. Er stolzierte zwei Wochen lang mit einem breiten Grinsen durch die Gegend, als hätte er selber die Koalition gebildet und würde demnächst einen Anruf bekommen, dass er zum Minister ernannt wurde.

»Was suchst du draußen?«

»Ich wollte nur –«

»Ab an deinen Platz.«

Mein Vater muss irgendwann mal einen Kursus in Sofortabfertigen gemacht haben, von dem er uns nichts erzählt hat. Wenn eine Situation seiner Meinung nach nicht in Ordnung ist, lässt er keinen Raum für Erklärungen. Es reichte, dass er mich vor dem Laden stehen sah. Selbst wenn ich sagen würde, dass Gas austritt und der Laden gleich in die Luft geht, würde er nicht zuhören. Er findet nämlich, ich muss im Laden sitzen und ans Telefon gehen, und wenn es eine Explosion gibt, kann ich ja immer noch raus. Aber ich hab den Kaffee auf, mir steht es bis hier. Ich will abhauen. Zumindest will ich meinem Vater sagen, dass ich abhauen will. Einfach nur meinen Mund aufzumachen, wäre für mich genau so ein großer Erfolg wie abzuhauen.

»Was glotzt du so, ist was?«

»Nein.«

»Gut. Wenn Onkel Dursun zurückkommt, macht ihr den Laden zu und kommt zum Essen.«

Onkel Dursun ist der beste Freund meines Vaters seit seiner Zeit im Knast. Egal was mein Vater anfängt, Onkel Dursun ist dabei. Er isst auch bei uns zu Hause mit. Dabei hat mein Vater schon alles Mögliche angefangen. Als er ein Kaffeehaus aufgemacht hat, kümmerte Onkel Dursun sich um den Tee. Als er ein Maklerbüro aufgemacht hat, zeigte Onkel Dursun den Leuten die Wohnungen. Als er ein Trinklokal gepachtet hat, hat Onkel Dursun die Beilagenteller angerichtet. Dass sie den Gashandel übernommen haben, war ohnehin eine lustige Geschichte. Der Gashändler hatte Schulden bei einer alten Dame. Die alte Dame kam zu meinem Vater, damit er für sie die Schulden eintreibt. Mein Vater hat einfach das Geschäft beschlagnahmt und es sich beim Notar überschreiben lassen. Dann begann er, einen Teil seiner Einnahmen darauf zu verwenden, der Dame in monatlichen Raten ihr Geld auszuzahlen. Da er aber nur sehr kleine Raten zahlte, reichte die Lebenszeit der Dame leider nicht aus, dass sie die gesamte Schuldsumme in Empfang nehmen konnte.

»Berke, lass dein Essen nicht kalt werden.«

Ich schaute meine Mutter an. Sie ist zwanzig Jahre jünger als mein Vater. Sie ist seine dritte Frau. Mein Vater hat aus seinen vorherigen Ehen noch fünf Kinder, aber die dürfen wir nicht kennenlernen. Manchmal fährt er sie besuchen. Onkel Dursun geht jeden Monat zur Bank und überweist ihnen Geld auf ihre Konten.

»Ich bin schon satt.«

Mein Vater schaute erst meine Mutter an, dann mich. Meine Mutter lächelte er an, aber als er sich zu mir wandte, wurde sein Gesicht eiskalt. Ich nahm noch einen Löffel. Mein Vater liebt meine Mutter sehr. Er war noch nie so lange verheiratet wie mit ihr. Achtzehn Jahre sind für einen Mann, der sonst von Ast zu Ast gehüpft ist, eine lange Zeit. Als meine Mutter mitbekam, dass mein Vater seinen Kindern aus den anderen Ehen regelmäßig Geld überweist, packte sie sofort ihre Koffer, nahm mich auf den Arm und verließ das Haus. Eine Woche wohnten wir bei meiner Tante. Damals war ich acht Jahre alt. Um uns zur Rückkehr zu bewegen, musste mein Vater sämtliche Haushaltsgegenstände erneuern. Die Unterhaltszahlungen an meine Geschwister, die ich nie gesehen hab, musste er kürzen. Meine Mutter kontrolliert immer noch jeden Monat die Kontoauszüge. Mit viel Mühe aß ich meinen Teller leer.

»Kann ich jetzt aufstehen?«

»Wo willst du hin?«

»Ein bisschen Luft schnappen.«

»Bleib nicht zu lange.«

Wie ein Dieb, der ein Opfer ausspäht, schlich ich vor dem Mietshaus, in dem Handan wohnt, auf und ab. Wenn ich mein Glück noch einmal versucht hätte, wäre sie vielleicht allein gekommen. Handan, ihre Mutter und ihre kleine Schwester. Eine schöner als die andere. Aber mein Stolz war verletzt.

Als ich in die neunte Klasse ging, war Handans Mutter unsere Literaturlehrerin. Sie lehnte ihren Po an die Heizung und las uns romantische Gedichte vor oder verlieh völlig abwegigen Gedichten eine romantische Note. Zum Beispiel deklamierte sie in fragendem Ton: »Ist der pantherhafte Recke nun gefallen?«, und wir seufzten alle im Chor: »Die gemeine Welt hingegen steht noch?« Sie steht wie eine Eins, Frau Lehrerin, ich schwöre. Unterm Strich war sie eine phantastische Frau. Sie hatte grüne, unaufdringliche Augen. Das ist wichtig bei Augen, nicht dass sie riesig sind oder besonders leuchten, sondern dass sie rein sind. Ich kriege es oft mit, dass Leute einander sagen, sie hätten wunderschöne Augen. Das finde ich schwachsinnig. Man kann die Augen doch nicht vom Gesicht trennen oder vom Körper als Ganzem. Man kann sie auch nicht von der Seele trennen. Ob sieben oder siebzig Jahre alt, kein Menschenkind auf dieser Erde, keiner, der von sich sagt, er sei ein Mann, kann Handans Mutter gegenüber gleichgültig bleiben. Eines Tages, als ein Schüler an der Tafel stand und seinen Aufsatz vorlas, sagte sie: »Rutsch mal ein Stück«, und setzte sich neben mich, und ich rutschte ein wenig zu meinem Banknachbarn. Sie schlug die Beine übereinander. Ihr Knie berührte meines. Diese Berührung ihres Knies mit meinem mag für Handans Mutter nur der Flügelschlag eines Schmetterlings gewesen sein, aber für mich war es ein Orkan. Jahre sind vergangen und ich hab sie immer noch nicht vergessen. Jeden Tag muss ich bestimmt fünfmal daran denken. Ich weiß, dass dieser Zustand psychologische Gründe hat, die bis zu dem Tag zurückreichen, an dem ich von der Brust entwöhnt wurde. Aber wird eine Frau nicht dadurch unvergesslich für uns, dass wir einmal ein gewaltiges Begehren nach ihr verspürt haben? Hat es nicht damit zu tun, dass wir uns am Ufer dieses Begehrens einmal der süßen Illusion, es könne erfüllt werden, hingegeben und uns unbekümmert benommen haben, als wäre da kein andres Hindernis? Und, ist für diese Tatsache auch wieder meine unglückliche Kindheit verantwortlich? Antwort? Nein! Du guckst nur …

* * *

Den ganzen Sommer über saß ich im Laden, knabberte Kerne und kümmerte mich um Bestellungen. Aber anders als in den Vorjahren begann ich, Tagebuch zu führen. Meine monotonen Tage hielt ich bis ins kleinste Detail fest wie ein gewissenhafter Gerichtsschreiber. Wie kann ich diese Leidenschaft erklären? Sagen wir, ich steigerte mich in die kindliche Hoffnung hinein, dass meine monotonen Tage nicht mehr monoton sein würden, wenn ich mich intensiv mit ihnen beschäftigte. Daher kann ich problemlos angeben, dass am 23. Juli 2002 um 13.30 Uhr türkischer Zeit, bei 41 Grad Celsius im Schatten, Onkel Dursun, mit einer Gasflasche auf der einen Schulter und einer Wassergallone auf der anderen, beim Treppensteigen einen Herzinfarkt erlitt. Dem kann ich noch hinzufügen, dass mein Vater den Arzt, auf dessen Aussage hin, Dursuns Zustand sei kritisch, mit den Worten abfertigte: »Dann schwing deinen Arsch und gib ihm eine Herzmassage, oder mach Elektroschocks, du Wichser.« Kurz darauf schrie er: »Wenn Dursun stirbt, mach ich euer ganzes Krankenhaus platt.« Die daraufhin mit den Worten: »Ey! Sachte! Bist du ein kleiner Gangsterboss oder was?«, erscheinenden Sicherheitsleute nahmen meinen Vater zwischen sich. Gott sei Dank kamen einige Kollegen von den Grauen Wölfen gerade noch rechtzeitig, um zu verhindern, dass sie aus meinem Vater Kleinholz machten. Nachdem Onkel Dursun eine Woche lang auf der Intensivstation gelegen hatte, kam er wieder auf die Beine. Weil die Besucher im Krankenzimmer den Brauch pflegten, zur Begrüßung ihre Schädel aneinanderzuschlagen, bekam ich Kopfweh.

Nach seiner Entlassung übernahm Onkel Dursun den Posten am Telefon, und ich musste die Bestellungen ausliefern. Dabei hab ich meinen Bizeps ganz gut trainieren können, aber ich bin auch richtig auf dem Zahnfleisch gegangen. Meine Mutter flehte meinen Vater unter Tränen an: »Stell doch jemanden ein, du kannst den Jungen nicht so strapazieren. Er hat nicht einmal einen Führerschein. Am Ende überfährt er noch jemandem mit dem Laster, Gott behüte!« Aber mein Vater hörte nicht auf sie. Er sagte lediglich: »Wenn erst einmal die Schule wieder anfängt, schauen wir mal, Schatz.« Dabei sagt er nie nette Worte zu jemandem, und meine Mutter Schatz zu nennen ist schon eine große Entwicklung. Um endlich mit der Arbeit fertig zu werden habe ich unzählige rote Ampeln ignoriert, bin viel zu schnell gefahren, habe Fehler beim Überholen von links gemacht und sogar rechts überholt. Ich hab nicht nur keine Verkehrsstrafe bekommen, sondern bin die ganze Zeit über nicht einmal nach meinem Führerschein gefragt worden. Gashändlerlaster genießen nämlich in unserer Stadt im Verkehr Privilegien. Nur Krankenwagen und wir bleiben unbehelligt, egal was wir tun.

An jenem schrecklichen 22. August hatte ich den Laster rechts rangefahren. Ich war kurz davor, in Ohnmacht zu fallen. Ich war mit einer Gasflasche auf der einen und einer Wassergallone auf der anderen Schulter in den neunten Stock eines zehnstöckigen Gebäudes gestiegen, dessen Fahrstuhl kaputt war. Wenn man sehr müde ist, kann man seinen Stolz überwinden. Es ist wie Betrunkenheit. Ich rief Handan an. Ich wollte sie fragen, ob wir uns treffen wollen, ich wollte sagen, sie kann gerne ihre Schwester oder meinetwegen ihre Mutter mitbringen. Meinetwegen könnt ihr auch alle drei kommen. Nach dem siebten Klingeln ging sie ans Telefon und sagte, sie sei krank und könne nicht raus. Alles, was ich mir zu sagen überlegt hatte, musste ich herunterschlucken, denn als kranker Mensch hat man ja besondere Rechte.

Als ich den Laster gewendet hatte, meldete sich Onkel Dursun auf dem Funkgerät und diktierte mir mit seiner rauchgegerbten Stimme eine Adresse.

»Bist du sicher, dass das die richtige Adresse ist?«, fragte ich.

»Wieso fragst du?«

»Da wohnt Handan!«

»Ja, ihre Mutter hat gerade angerufen.«

Ich ließ ziemlich cool die Reifen durchdrehen und beschleunigte rasch. Beim Wenden an einer Straßenecke hätte ich fast ein dreijähriges Kind erwischt. Seine Mutter stieß vom Balkon aus einen Schrei aus. Mann, erst setzen sie Kinder in die Welt wie die Karnickel und dann lassen sie sie einfach auf der Straße rumturnen. Ich versteh das nicht.

Ich hob die Gasflasche auf die Schulter und betrat das Mietshaus. Im Fahrstuhl strich ich mir die Haare zurecht. Handans Familie ist wohlhabender als unsere. Ihr Vater leitet den Hauptvertrieb einer wichtigen Getränkemarke in unserer Stadt. Außerdem heißt es, er sei der Erste gewesen, der Mineralwasser mit Fruchtgeschmack in die Türkei gebracht habe. Ich klingelte an der Tür.

»Die Tür ist offen, komm rein.«

Es war die Stimme von Handans Mutter. Wie kann man nur eine so warme und einladende Stimme haben. Ich stieß die angelehnte Türe auf und zog meine Schuhe aus. Wir Gashändler sind nämlich wohlerzogene Menschen und dringen nicht einfach mit Straßenschuhen in eine Wohnung, wie das die Makler immer machen. Ich ging in die Küche. Dort saß sie neben dem Küchentisch. Sie drehte das Buch, in dem sie gelesen hatte, herum und legte es aufgeschlagen auf den Tisch.

»Hallo, Nurullah.«

»Hallo, Frau Lehrerin.«

»Oder muss ich dich Berke nennen? Ich merke mir immer die Namen, die im Klassenbuch an erster Stelle stehen.«

»Macht nichts, Frau Lehrerin«, sagte ich. »Nurullah, Bülent, Berke, ist mir alles gleich recht. Wenn man schon mal so viele Namen hat. Bülent hat mein Vater ausgesucht, den Namen Berke wollte meine Mutter, und Nurullah ist der Name meines seligen Großvaters.«

»Ich hab gerade Ratatouille gemacht, da war das Gas alle.«

»Das kann ich verstehen, Frau Lehrerin, Ratatouille ist das gasintensivste Gericht unserer Nationalküche.«

Sie lächelte leicht. Das war ein Pluspunkt. Ich stellte die volle Gasflasche neben die leere. Ich schraubte das Ventil ab und wechselte die Flaschen aus. Handans Mutter widmete sich wieder ihrem Buch. Sie saß neben der offenen Balkontür, hatte ihren Rock gerafft und ihre bloßen Füße auf einen zweiten Stuhl vor sich gelegt. Ich schaute auf das Buch, konnte aber den Namen nicht erkennen. Ich löste die Verplombung und schloss die neue Flasche an. Vergeblich suchte ich nach einem Thema aus unserer gemeinsamen Vergangenheit, um einen Witz zu machen. Ich wollte süß wirken. Verdammte Scheiße.

»Hast du in den Sommerferien etwas gelesen?«, fragte sie unverhofft.

»Ich lese nicht so gerne. Ich schreibe lieber.«

»Wie kannst du denn schreiben, ohne zu lesen?«

»Ich schreibe auf, was ich erlebe.«

»Wie kannst du etwas erleben, ohne zu lesen?«

Keine Antwort.

»Was du liest, beeinflusst die Art, wie du etwas erlebst. Es kann zwar dein Leben nicht ändern, aber sehr wohl deinen Blick darauf.«

Ich war nicht dazu aufgelegt, bei der Hitze Literaturunterricht über mich ergehen zu lassen, aber ich wollte auf keinen Fall etwas sagen, das sie verletzen würde. »Ich denk mal darüber nach«, sagte ich. Ich schraubte das Ventil an die volle Flasche. Handans Mutter ist sechsunddreißig. Ich hab mir auf der Website der Schule ihren Lebenslauf angeguckt. Vielleicht war sie nie so schön wie jenen Sommer. Sie hatte diese Verpeiltheit junger Mädchen abgelegt, dieses bescheuerte Ich-bin-zwar-schon-erwachsen-aber-meine-Kindlichkeit-hab-ich-mir-bewahrt gab es bei ihr nicht, sie war jeden Kubikzentimeter Frau. Sie trug ein Kleid mit Blumenmuster. Aber nicht so ein Oma-Blümchenkleid, sondern ein Kleid, wie es nur eine Miss Universe beim Bücherlesen in der Küche tragen kann. Die beiden oberen Knöpfe waren auf. Nicht weil sie etwas ausstellen wollte, sondern weil es einfach so gehörte.

Als ich gerade kontrollieren wollte, ob der Herd brannte, blieb ich plötzlich wie angewurzelt stehen. Denn durch die offenstehende Balkontür wehte ein unerwarteter Windstoß herein. Ihre auf dem Stuhl ausgestreckten Beine traten mit einem Mal hervor, wie eine Statue am Einweihungstag, wenn einer am Band zieht und das Kunstwerk enthüllt. Mein Herz rutschte mir in den Mund. Von ihren Fußsohlen bis zu ihrem Po war alles da. Weizenfarben und makellos. Für einen Augenblick glitt mein Auge zu ihrem Schlüpfer. Er war schwarz mit Häkelspitzen. Aufgeregt, wie ich war, schaute ich auf die sanften Falten ihres Schlüpfers, und auf die zarten Spuren, die der Stoff dort hinterlassen hatte, wo ihr Po anfing. Ich vermag mich nicht genau zu erinnern, wie lange dieses Schauen dauerte. Vielleicht eine Sekunde, vielleicht ein Jahr. Aber ich kann mich genau daran erinnern, dass sie hastig ihren Rock zurecht zog und zwischen ihre beiden Beine klemmte. Sie hatte gesehen, dass ich geschaut hatte. Ich versank vor Scham im Boden. Sie zeigte mir nicht, dass sie es gesehen hatte, sondern drückte nur die Balkontür etwas zu.

»Du hast die Wohnungstür offen gelassen, daher gibt es Durchzug.«

Ich konnte nichts erwidern. Als ob ich die Wohnungstür absichtlich auf gelassen hätte, damit es Durchzug gibt und ihr Rock hochfliegt, und jetzt, wo ich das für meine niederen Zwecke ausnutzen wollte, ist mein finsterer Plan aufgeflogen. Ich konnte überhaupt nicht reagieren. Ich sank nur vor Scham tausend Stockwerke tief in den Boden. Mit gebeugtem Kopf ging ich auf die Küchentür zu.

»Willst du kein Geld haben?«

Ich kehrte um.

»Wie viel?«

»Vierunddreißig.«

Sie gab mir fünfzig, und ich streckte ihr einen Zwanziger hin, wobei ich versuchte, das Zittern meiner Hand zu verbergen.

»Warte, ich gebe dir noch vier Lira.«

»Ist nicht so wichtig. Die können Sie uns geben, wenn wir Wasser bringen.«

»Aber wir kaufen unser Wasser woanders.«

»Macht nichts, dann geben Sie denen das Geld.«

Sie lachte und steckte fünf Lira in meine Tasche. Wie ein dummer Soldat, der schon auf dem Boden liegt, bevor der Krieg beginnt, warf ich mich mit letzter Kraft in den Korridor, zernagt von der Bitterkeit, nicht im Gefecht, sondern im Manöver gestorben zu sein.

»Nimmst du die leere Gasflasche nicht mit?«, rief sie mir hinterher.

Allah, mach, dass diese Folter aufhört. Ich kehrte noch einmal um und nahm die leere Gasflasche auf die Schulter.

»Du brauchst nicht so zu übertreiben«, sagte sie.

»Was?«

»Ich war geistesabwesend und hab nicht mit einem Windstoß gerechnet. Da hätte jeder geschaut.«

»Sie haben recht, jeder hätte geschaut. Also, Sie angeschaut … So wollte ich das nicht sagen, ich hatte keine schlimmen Hintergedanken. Glaube ich.«

»Wirst du das auch in dein Tagebuch schreiben?«

»Nein, solche Sachen schreibe ich nicht. Das wäre unanständig. Wenn das mein Vater liest, krieg ich Ärger.«

Bis vor die Türe schaffte ich es mit meiner leeren Gasflasche. Als ich die Schuhe anzog, kam Handans kleine Schwester mit einem Eis in der Hand. Sie hatte ein Basketball-Trikot an. Genauer gesagt, sie hatte nur das Trikot-Oberteil an. Da es ihr viel zu groß war, bedeckte es ihre Beine bis zu den Knien. Sie kam auf mich zu, als wolle sie zum Korbleger abspringen, und lächelte mich süß an. Ihre Augen waren grüner als die von Handan und ihrer Mutter, ihre Haare waren nicht kastanienbraun, sondern heller. Ein Mädchen wie sie kann man nicht in eine Kategorie pressen, sie war weder brünett noch blond, ein einzigartiges Wesen. Jeden Tag denke ich darüber nach, ob Handan oder ihre

Mutter oder ihre Schwester schöner ist. Um das zu entscheiden, müsste man eine große Volksjury versammeln.

»Hallo, Berke Abi.«

»Hallo, wie geht's?«

»Gut.«

Sie streckte mir ihr Eis hin, als ließe sie den Ball in den Korb fallen.

»Möchtest du Cornetto? Du kannst an dieser Seite beißen.«

»Nein danke«, sagte ich. »Ich lecke nicht an einem Eis, an dem schon jemand anderes geleckt hat. Ich benutze auch jeden Morgen meine eigene Zahnbürste. Ich hab Prinzipien.«

»Du bist aber witzig, Berke Abi. Das mag ich am meisten an dir.«

Also, du hast mich einmal zusammen mit deiner Schwester in einem bescheuerten Café gesehen, kleines Mädchen, dann bist du ein- oder zweimal im Gasladen vorbeigekommen. Wann hast du denn bitte kategorisiert, was du an mir magst und was nicht? Ich musste schnell abhauen, sonst würde mich die ganze Familie um den Verstand bringen. Aber ich konnte es mir nicht verkneifen.

»Ist Handan im Bett?«, fragte ich.

»Nein, sie ist draußen.«

»Ist sie nicht krank?«

»Nein. Sie ist mit Samet unterwegs.«

»Was? Ist das nicht dieser Spinner, der im Reserveteam spielt? Der aussieht wie Averell Dalton?«

»Ja.«

Handans Schwester drehte mir den Rücken zu. Auf ihrem Trikot stand der Name Samet. Darüber war seine Unterschrift. Guck dir den Asi an. Als würde er in der NBA spielen. Ich zog die Tür zu. Ich wollte gehen, ohne noch mehr Durchzug zu verursachen. Sie hielt die Tür fest, bevor sie ins Schloss fiel. »Meine Schwester denkt, dass du in sie verliebt bist«, sagte sie. »Gestern Abend haben wir darüber geredet. Aber sag es nicht weiter.«

Ich wollte eigentlich mit der Gasflasche auf der Schulter die ersten Stufen der Treppe hinuntersteigen, doch ich hielt an. »Hör zu«, sagte ich, »selbst wenn auf dieser Welt nur noch drei Frauen übrig wären, müsste ich ganz lange nachdenken, bevor ich mich in deine Schwester verlieben würde. Das kannst du ihr ruhig weitersagen. Außerdem stehen kluge Mädchen nicht auf Averell Dalton. Sie stehen auf Lucky Luke.«

»Bist du Lucky Luke?«

»Im Vergleich zu Samet ist jeder ein Stück weit Lucky Luke. Das kannst du ihr genau so sagen. Brich ihr ruhig das Herz. Falls sie eines hat.«

* * *

Am nächsten Abend parkte ich den Laster vor dem Laden. Ich wollte reingehen. Da sah ich, dass Onkel Dursun nicht da war. An seinem Platz saß mein Vater. Ich kehrte um.

»Bülent! Komm mal her!«

Ich schirmte meine Augen mit der Hand ab, beugte den Kopf nach vorn und betrat den Laden.

»Warum röhrt denn unser Laster wie ein Trecker?«

»Was weiß ich. Von der Hitze. Ist halt überhitzt.«

Ich tat so, als prüfte ich die Gasflaschen auf der anderen Seite.

»Guck mich mal an.«

Ich drehte mich um, blickte aber auf den Boden.

»Kopf gerade. Und nimm deine Hand von der Stirn.«

Er hinkte auf mich zu und untersuchte mein Gesicht und mein Auge.

»Wer hat dich verprügelt?«

»Niemand. Ich hab mich nicht geprügelt.«

»Wer hat dir dein Veilchen verpasst?«

Mein rechtes Auge war geschwollen. Die Braue war ebenfalls geschwollen und zusammen ergab es einen kleinen Ballon in meinem Gesicht. Im Weißen des Auges waren Äderchen geplatzt.

»Nichts, Papa. Nur ein kleiner Streit.«

»Mit wem?«

»Keine Ahnung. Auf der Straße.«

»Grund?«

»Ich hab blöd geguckt.«

»Hast du ihn denn nicht erwischt?«

»Nein.«

»Da schleppst du die ganze Zeit schwere Gasflaschen und kriegst es nicht hin, ihm rechts und links eine zu verpassen?«

»Hör doch damit auf, Mann«, rebellierte ich, endlich, nach den ganzen Jahren. Er war verwundert.

»Was soll das denn?«

»Ich hab die Schnauze voll, von diesem Gasgestank, von der Schmiere, die überall an mir klebt, von dem schmutzigen Wechselgeld, mit dem ich auskommen muss. Ich hab die Schnauze voll von diesem Leben ...«

»Was heißt hier Schnauze voll? Was willst du denn? Willst du lieber ein Straßenpenner werden oder ein Junkie? Du hast zumindest Arbeit, sei doch froh!«

»Ja, Arbeit hab ich!«

Ich zitterte vor Wut. Mein Vater schaute mich fragend an. Er wollte verstehen, warum ich mich gegen ihn auflehnte.

»Die Arbeit hab ich«, schrie ich. »Aber du fährst auf Händlerkonferenzen in Vier-Sterne-Hotels. Hast du je in deinem Leben eine Gasflasche ausgewechselt? Du Parasit!«

Als mein Vater das hörte, trat er einen Schritt zurück. Sein Mund stand ihm vor Staunen offen. Ziemlich lange.

»Mein Junge, ich bin behindert.«

»Du bist nicht behindert. Du bist ein Mörder!«

Als er das hörte, rastete er aus. Er zitterte, kam zu sich, ballte seine Faust, nahm sich zusammen, bevor er mich schlug, drehte sich um und schlug gegen die Wand.

»Das bin ich nicht! Ich bin kein Mörder! Das war Notwehr! Er hat zuerst geschossen, und ich hinke seitdem. Es wär mir lieber gewesen, wenn ich gestorben wäre und er würde hinken.«

Er begann, seinen Kopf gegen den Wandkalender mit den weißen Tauben zu stoßen und zu weinen. Ich hatte ihn mitten ins Herz getroffen. Ich näherte mich ihm und berührte zärtlich seine Schulter. Ich wartete, bis er sich beruhigte.

»Du hast mich ermordet, Papa«, sagte ich.

»Was redest du denn da, mein Junge?«

»Du hast mich in diesem Laden ermordet. Ich bin hier erstickt.«

»Wo bist du denn erstickt, *lan*?«

»Am Haushaltsgas und an den Wasserspendern.«

Ich knallte die Türe und ging fort. Er kam mir hinterher. »Bülent! Bülent! Warte doch mal«, rief er mir nach. Ich beschleunigte meinen Schritt, und er kam mir nicht mehr hinterher.

* * *

Ich ging in die abgeranzteste Kneipe, die ich finden konnte, zwei Bier, ein halbes Schälchen ranzige Pistazien. Faust auf den Tisch. »Ihr habt mich ermordet«, schrie ich. Sie schmissen mich raus. Ich ging auf die Straße. Das beste wär jetzt noch gewesen, mit der angestauten Wut über meinen Vater, die Besoffenen in der Kneipe und über die ganze Welt bei Handan und ihrer Familie aufzukreuzen und alles bei ihnen rauszulassen: »Hört auf, mich so zu behandeln! Es reicht!« Ich setzte mich unter einen Kastanienbaum. Fast hätte ich geheult. Lange überlegte ich, ob ich nach Hause zurückkehren sollte oder nicht. Mein Vater, der sollte mich ruhig verprügeln oder meinetwegen auch umbringen. Immer nur diese Blicke, immer nur diese Ausstrahlung, unsere Beziehung hatte sich in einen Low-Budget-Thriller verwandelt mit Psychodialogen und Szenen, die Angst machen sollen, aber einen nur zum Lachen bringen.

Onkel Dursun kam zu mir und sagte, dass mein Vater mich im Kaffeehaus am Platz erwartete.

Ich betrat das Kaffeehaus. Unter einer tschetschenischen Flagge spielten sie Karten. Als sie mich sahen, legten sie die Karten nieder. Ich ging zu ihnen, aber mit keinem von ihnen stieß ich zur Begrüßung den Schädel zusammen.

»Du hast mich gerufen, Papa.«

»Komm her«, sagte er und wies mir einen Stuhl direkt gegenüber an. Er holte die 14-Millimeter aus seinem Hosenbund und legte sie auf den Tisch, als wolle er auf die Waffe einen Eid schwören. »Ab jetzt sollst du diese Waffe tragen«, sagte er. »Jemand macht dich dumm an? Schieß erst in die Luft und dann auf seine Ferse. Wenn du in einem geschlossenen Raum bist, hau ihm mit dem Knauf auf den Kopf. Du weißt, wie man schießt. Wir waren so oft auf dem freien Feld zum Üben. Schäm dich nicht, nimm sie. Ich habe einen Waffenschein.«

Er vollführte ein paar Kunststückchen mit der Pistole, spielte mit dem Abzug, drehte sie in der Luft herum und legte sie vor mich hin.

»Papa, ich bitte dich …«

»Was heißt hier Ich bitte dich! Ich hab auch meine Ehre. Ich lasse nicht zu, dass mein Sohn verprügelt wird. Niemand darf einem von meinem Clan das Auge blauschlagen. Als ich in deinem Alter war, hab ich in Ulucanlar die Tage gezählt. Ich hatte lebenslänglich. Ich war am Ende. Das Leben war für mich die Hölle.«

Wieder die gleiche Story. Dann kam Ecevit und ließ Gerechtigkeit walten. Wenn es die Generalamnestie nicht gegeben hätte, wäre weder ich auf der Welt noch wäre meine Mutter meine Mutter geworden. Blah blah blah. Ich steckte mir die 14-mm in den Hosenbund. Als ich bewaffnet war, atmete mein Vater beruhigt aus und sagte: »Für den Laden hab ich jemanden Neues eingestellt.« Er haute dem jungen Mann, der neben ihm saß, auf die Schulter. »Ein Prachtkerl. Auch aus unserm Verein.« Er wandte sich wieder zu mir. »Du sollst dich jetzt um deine

Schule kümmern«, fuhr er fort. »Die Ferien sind ja bald schon vorbei. Lern was und werd ein anständiger Mann.«

Der Wolfsschnäuzer neben meinem Vater sagte: »Recht hat er. Die Feder ist mächtiger als das Schwert.«

»In Ordnung, Kamerad«, sagte ich. »Ich werd nicht wild um mich schießen.«

Ich stand auf.

»Ich geh ein bisschen Luft schnappen.«

»Komm nicht zu spät. Und trink nicht.«

Mit der 14-mm in meinem Hosenbund begann ich vor Handans Mietshaus auf- und abzulaufen wie ein angeheuerter Killer mit blutunterlaufenen Augen (und die hatte ich ja wirklich). Auf dem Balkon war ein Schatten zu sehen. Er rief nach mir. »Berke Abi, bist du das?«

»Ja.«

»Warte, ich komm runter.«

Handans Schwester kam in Shorts mit Entendesign, einem Body, der ihre minimalen Brüste betonte, und Flip-Flops. Sie stellte sich vor mich.

»Tut das Auge sehr weh?«

»Überhaupt nicht.«

»Alles meine Schuld …«

»Lass mal gut sein. Komm, wir setzen uns an die Mauer.«

Wir setzten uns an die Mauer zum Vorgarten. Ihr Knie berührte meines. Sie zog es nicht weg. Ich auch nicht. Wir saßen einfach da, als wäre nichts. Sie strich sich das Haar hinter die Ohren und blickte mich an.

»Meine Schwester findet, dass du voll doof bist«, sagte sie. »Außerdem bist du ein Tier und im Vergleich zu dir ist jeder ein Stück weit Mensch.«

»Hat sie dich geschickt, damit du mir das sagst?«

»Ja.«

»Gut«, sagte ich. »Wenn sie mich beleidigt, hat sie zumindest ein Herz.«

»Soll ich ihr das sagen?«

»Nein, brauchst du nicht. Was denkst du über mich?«

»Was?«

»Was für einer bin ich deiner Meinung nach?«

»Hmm. Du bist witzig«, sagte sie und grinste breit.

»Seh ich gut aus?«

Sie kam näher und blickte mich traurig an, als suche sie die Antwort auf meine Frage. In mir flammte ein Hoffnungsschimmer auf. Fast hätte ich sie angeknutscht. So sind wir in unserer Familie. Eine Seilschaft von Männern, die im Angesicht schöner Frauen vor Nervosität alles falsch machen. Sobald wir den kleinsten Hoffnungsschimmer sehen, rasten wir aus. Nur ein dünner Bindfaden hält uns in der Welt des gesitteten Familienvaters, der seine Gefühle für sich behält. Mein großer Onkel, der Reichste in der Familie, war ein Juwelier. Er begann, Nachtlokale aufzusuchen, und verfiel einer der Animateurinnen. Er behängte sie mit geprägten Goldmünzen, und zwar fünfen an einem Collier, und Kellnern drückte er eine Goldmünze als Trinkgeld in die Hand. Das tat er so lange, bis er seinen Juwelierladen in den Ruin getrieben hatte. Danach wandte er sich dem Glauben zu, allerdings nicht dem unseren, sondern den Zeugen Jehowas. Mein Vater verließ am selben Tag, als er seine zweite Frau sah, seine drei Kinder und seine erste Frau, nur mit einem Koffer in der Hand. Als er meine Mutter sah, verließ er seine nächsten beiden Kinder und seine zweite Frau auf die gleiche Weise. Manchmal hab ich mich schon gefragt, ob er uns auf die gleiche Weise verlassen wird, wenn er sich wieder verliebt.

»Warum guckst du denn so?«

»Nur so.«

»Berke Abi, willst du mir etwas sagen?«

Ja, Mädchen, ja. Ich will dir etwas sagen. Du warst ein Schneeball, als ich dich zum ersten Mal sah, und mit jedem Tag, der vergeht, rollst du durch die abgelegensten Hänge meines Bewusstseins, rollst und rollst und wirst immer größer, und jetzt, heute Abend, stürzt du als eine riesige Lawine auf mich zu. Ich liebe dich, ich bin verrückt nach dir!

»Nee«, sagte ich. »Geh, du. Wenn ich etwas sagen will, sag ich es direkt heraus. Ich hab meine Prinzipien.«

Sie zog ihr Knie weg. Dann stand sie auf. Sie klopfte sich den Kalk von der Mauer vom Rücken und rannte im Laufschritt fort, wobei ihre Flip-Flops auf den Asphalt ploppten. Willst du mir etwas sagen. Was für ein Satz. Du bist erst dreizehn, musst du denn alles verstehen, kannst du nicht noch ein klein wenig naiv sein und uns ein bisschen Lolita-Atmosphäre vergönnen?

Die Schule fing wieder an. Den ganzen Herbst über dachte ich an Handan, ihre Mutter und ihre Schwester. An alle Worte, die zwischen uns gefallen waren, an ihr Verhalten mir gegenüber, an die Details ihrer Gesichtszüge. Ich dachte sogar an Handans Vater. Aber jetzt nicht so, wie ihr denkt. Ich machte blau und kümmerte mich nicht mehr um meine Noten. Ich hörte auf, Tagebuch zu schreiben. Mir ging es so schlecht, dass ich an einem jener nicht enden wollenden Winterabende, während ich ziellos durch die menschenleeren Straßen stapfte, endlich meine Regung nicht mehr unterdrückte und drei Schüsse in die Luft feuerte. Dieser Akt symbolisierte den Aufstand meines Herzens, das an drei Stellen gebrochen war: Tak. Tak. Tak. Leute traten auf die Balkone, um nachzusehen. »Rein mit euch«, schrie ich. Dann machte ich mich durch die Seitenstraßen aus dem Staub, bevor noch jemand die Polizei rief.

Wegen der Wahlen am 3. November ging es meinem Vater auch schlecht. Nicht nur war Ecevit geschlagen, sondern die MHP war an der Zehn-Prozent-Hürde gescheitert. Vor Wut schlug er die Scheiben in seinem eigenen Laden ein, als die inoffiziellen Wahlergebnisse verkündet wurden. Er verletzte sich an der Hand und musste mit acht Stichen genäht werden. Er schloss seinen Laden aus Protest gegen die Wahlergebnisse drei

Tage lang. »Diesem undankbaren Volk werde ich weder Gas verkaufen noch Wasser«, sagte er. Ich hatte zum ersten Mal in meinem Leben gewählt.

* * *

Ich wartete bis zum Frühling. Ich geduldete mich, ich ordnete ein, was ich einordnen konnte, aber am Ende konnte ich mich nicht mehr beherrschen. Ich rief Handan an. Sie ging nicht ran. »Hallo muss dringend was wichtiges m dir reden können wir uns treffen wenn s dir passt ciao berke«, simste ich ihr. Sie schrieb keine Antwort. Meinetwegen konnte sie nicht ans Telefon gehen, wenn es ihr unangenehm war, aber auf die SMS konnte sie doch kaltblütig nein antworten. Dass sie mir gar nicht antwortete, hieß, dass ich für sie gar nicht existierte. Ich fragte mich, wie sehr ich überhaupt existierte, wenn ich für sie nicht existierte. Ich versuchte, den Grad zu messen. War ich ganz und gar inexistent oder nur teilweise nicht vorhanden? Zum Beispiel, wenn wir zwei die einzigen überlebenden Menschen auf der Welt wären, würde sie dann anrufen? Wenn sie dann nicht anrufen würde, dann wäre ich wahrscheinlich für sie absolut inexistent. Oder wenn sie mich auf der Straße sehen würde, bevor ich sie sehen würde, ob sie dann wohl die Straßenseite wechseln würde? Würde das dann auch heißen, dass ich für sie absolut inexistent bin? Oder wenn sich unsere Blicke zufällig irgendwo träfen, wenn sie nicht mehr ausweichen könnte, würde sie dann wohl Hallo sagen? Wenn sie Hallo sagen würde, wäre das schon zwangsläufig ein Beweis, dass ich für sie existierte?

Am Abend ging ich zu der Vorbereitungsschule, wo sie lernte. Wenn sie rauskam, konnte sie mich gar nicht übersehen. Ich stand vor der Tür wie ein Kürbis auf einsamer Flur. Als sie an mir vorbeiging, guckte sie mich einmal an, als wolle sie sagen: Was machst du denn hier. Ich lachte etwas durchgedreht. Sie ging mit ziemlich schnellen Schritten fort und presste ihre Testbücher an ihre Brust. »Ich will nur messen, wie weit inexistent ich für dich bin«, schrie ich ihr hinterher.

Ich ging nach Hause. Meine Mutter stellte gerade das schmutzige Geschirr in die Spülmaschine. Ich setzte mich an den Küchentisch und glotzte sie sinnlos an.

»Was willst du von mir?«

»Nichts.«

Meine Mutter ist vierzig. Wenn man einen Blick für Frauen hat, ist sie immer noch ziemlich schön. Für jemanden wie meinen Vater ist sie eine traumhafte Frau. Stell dir vor, du bist sechzig und humpelst und verkaufst Gasflaschen, bist Amateurmafioso, hast ein Einfühlungsvermögen wie ein Vorschlaghammer, und eigentlich würde dich niemand vermissen, wenn du nicht da wärest. Eine solche Frau wie meine Mutter kann dich auf den Beinen halten, du kannst die Menschen in deiner Umgebung voller Stolz anblicken und dir sagen: So tief bin ich doch noch nicht gefallen. Meine Mutter schloss den Deckel der Spülmaschine und drehte sich zu mir um.

»Hast du was, Berke?«

»Ja. Was ist es für ein Gefühl, die dritte Frau zu sein?«

»Was?«

»Die dritte Frau von Papa.«

»Weiß nicht. Hab nie drüber nachgedacht.«

»Ach komm.«

»Warum fragst du mich das?«

»Hast du nie Angst gehabt, dass er dich auch verlassen wird? Wenn er die vierte findet zum Beispiel?«

»Am Anfang hatte ich ein bisschen Angst. Aber später habe ich aufgehört, daran zu denken.«

»Warum?«

»Er liebt mich. Er kann ohne mich nicht leben.«

»Was ist es für ein Gefühl, geliebt zu werden?«

»Es ist das Gefühl, das ich habe.«

»Das ist bestimmt schön.«

Meine Mutter ist nicht so ein emotionaler Typ wie Papa und ich. Sie zeigt nicht, wenn sie aufgewühlt oder erregt ist. Selbst wenn sie weint, tut sie das maßvoll. Sie wischt sich sofort mit den Händen die Tränen aus den Augen und versucht, ihre Emotionen wegzudrücken. Sie ist nicht so wie diese Frauen, die sich total hineinsteigern, wenn sie einmal zu weinen begonnen haben. Sie setzte sich neben mich und fühlte mit dem Handrücken die Temperatur meiner Stirn.

»Ist es wegen Handan?«

»Ja.«

»Was ist das Problem?«

»Ich existiere nicht.«

»Wie denn das?«

Sie nahm mich in den Arm. Ich stieß ihre Hände weg.

»Fass mich nicht an!«

»Warum?«

»Weil du mich nicht liebst.«

»Wie kommst du denn darauf?«

»Wenn du gewollt hättest, hättest du dich gegen Papa durchgesetzt.«

»Wobei denn?«

»Dann hätt ich nicht im Sommer mit dem Laster Gasflaschen ausfahren müssen. Dann wär ich nicht immer so verschmiert und dreckig gewesen und wäre nicht wie ein Diener bei Handan in die Wohnung gekommen.«

»Ich hab so oft geweint, mein Junge, aber dein Vater hat mir nicht zugehört.«

»Wenn du gewollt hättest, hätte er dir zugehört.«

»Wie denn?«

»Keine Ahnung. Wir hätten wieder die Koffer packen und zu meiner Tante gehen können. Du weißt ganz genau, wie du ihn überzeugen kannst, aber du wolltest es nicht tun. Weil du mich nicht genug liebst. Das ist noch viel schlimmer. Bei Handan bin ich mir wenigstens sicher, dass sie mich nicht liebt. Das ist total eindeutig. Bei dir ist das überhaupt nicht so eindeutig. Du tust so, als ob du mich liebst, aber eigentlich liebst du mich nicht.«

»Was sind das nur für Worte, mein Junge. Natürlich hab ich dich lieb.«

»Gar nicht. Nicht genug. Wenn du mich richtig lieben würdest, würdest du das auffangen, dass andere mich nicht lieben. Du hast dir richtig Mühe gegeben, mich zu lieben, aber es hat nicht geklappt. Weil du meinen Vater nicht liebst, kannst du mich auch nicht lieben. Das ist das Problem. Wir haben dein Leben kaputt gemacht, deine ganze Jugend und deine Schönheit geraubt.«

Ich ging aus dem Haus. In die Kneipe. Sechs Bier, eine Schale Pistazien. Ich rief Handans Mutter an. »Hallo. Ich liebe dich«, sagte ich.

»Wer ist da?«

»Nurullah, Frau Lehrerin. Nurullah Bülent Berke Kamiloğlu. Das alles bin ich. Thronfolger der Kamiloğlu Kochgas- und Wasserspender Handelsniederlassung. Verlass deinen Mann und komm zu mir!«

»Nurullah, was redest du denn da? Bist du durchgedreht?«

»Darum geht es nicht.«

»Worum geht es denn?«

»Verlass deinen Mann und komm her. Ich liebe dich. Ich bin mutig genug, mich auf dich einzulassen. Ich hab mich schon vorbereitet! Ich bin auf diesen Maskenball namens Leben gekommen, um dich zu lieben. Ich bin gekommen, um das Herz dieser poesielosen Welt zu sein. Mach dir keine Sorgen, ich bin auch ein super Vater für deine Töchter.«

»Nurullah, das will ich alles nicht gehört haben.«

»Wieso?«

»Was heißt hier wieso?«

»Wieso sollte es nichts werden mit uns zwein? Können Sie mir einen Grund nennen, Frau Lehrerin?«

Sie antwortete nicht.

»Weil ich geschaut hab?«

»Nurullah, jetzt hör auf, so einen Schwachsinn zu reden, Junge!«

»Weil ich immer süß und niedlich sein wollte? Weil ich vor Aufregung die leere Gasflasche vergessen hab?«

»Nurullah, bist du betrunken?«

»Darum geht es nicht. Was habe ich verbrochen? Warum wird es nichts mit uns zwein?«

»Nurullah, ich lege jetzt auf.«

»Leg nicht auf, sonst bring ich mich um. Wenn du auflegst, schieß ich mir in den Kopf. Ich mach keine Witze.«

»Was redest du denn da von umbringen?«

»Ist mir doch egal, wenn ich sterbe. Ihr habt mich sowieso schon ermordet, ihr habt mir keinen Raum gelassen, damit ich leben kann.«

»Wer hat das getan?«

»Ihr.«

»Nurullah, mein Junge, jetzt beruhig dich mal.«

»Ist es wegen deinem Mann? Glaubst du, dass dein Mann voll der wichtige Typ ist? Er hat vielleicht Mineralwasser mit Fruchtgeschmack in die Türkei gebracht, aber wir haben die ersten Gasflaschen mit Sicherheitsventil in diese Stadt gebracht.«

Wir schwiegen fünf Sekunden lang. Ich legte auf. Eine Woche lang verließ ich das Haus nicht. Ich fraß mich selber auf. Dabei hatte ich mir doch geschworen, von allen Kommunikationsgeräten fern zu bleiben, wenn ich getrunken hatte. Erst als ich überzeugt war, dass die Gefahr vorüber war, begann ich wieder vor Handans Haus herumzustreifen. Gott sei Dank liegt Handans Schwester immer auf der Lauer nach Menschen, die vor dem Haus entlanggehen. Ich winkte ihr, und sie kam wieder zu mir herunter. Wir setzten uns an die Außenmauer.

»Berke Abi, bist du krank?«, fragte sie.

»Neee …«

»Du hast letztens meiner Schwester voll komische Sachen hinterhergerufen …«

»Hat sie dir das erzählt?«

»Ja.«

»Gut. Das heißt, dass sie zumindest ein Ohr hat.«

»Bist du vor Liebe verrückt geworden?«

»Nein, ich bin ganz klar im Kopf. Ich wollte dich was fragen. Hat deine Mutter etwas über mich gesagt?«

»Was denn?«

»Keine Ahnung, dass du keinen Kontakt zu mir haben sollst oder so.«

»Nein. Warum fragst du das, Berke Abi? Ist irgendwas zwischen dir und meiner Mutter gewesen?«

»Quatsch! Was soll denn schon zwischen mir und deiner Mutter gewesen sein. Sie ist aber wirklich ein sehr reifer Mensch, das muss ich echt noch mal sagen. Ich hab nur so gefragt, weil wir doch immer an dieser Mauer sitzen, vielleicht stört sie das. Du bist ja auch schon ein junges Mädchen.«

»Warum soll sie das stören, wir sitzen doch ganz brav hier.«

»Du hast recht. Lass uns so sitzen bleiben.«

Wir blieben so sitzen. Knie an Knie. Ich versuchte, meinen Mut zusammenzunehmen, um sie zu küssen.

»Samet ist ein Linker«, sagte sie plötzlich.

»Linksextrem?«

»Ja, er hat Deniz Baykal gewählt.«

Daraufhin fragte sie mich nach meinen politischen Ansichten. Das sind immer die schlimmsten Fragen, zum Beispiel: Wen hast du gewählt. Alle fragen das immer, obwohl es sie nichts angeht. Auf jeden Fall hab ich nicht den gewählt, den du gewählt hast!

»Warum fragst du?«

»Weil es mich interessiert. Bist du auch ein Linker?«

»Nein«, sagte ich. »Ich bin ein Konservativer. Es gibt Dinge, die ich bewahren will. Dazu gehörst ganz vorne auch du. Ich will die niveauvolle Freundschaft bewahren, die trotz unseres Altersunterschieds zwischen uns entstanden ist.«

»Danke schön, Berke Abi.«

»Gern geschehen.«

Was hätte ich da noch sagen können.

* * *

Wieder kam der Sommer. Da ich die Voraussetzungen für ein Universitätsstudium nicht erfüllte und Onkel Dursun an seinem zweiten Herzinfarkt gestorben war, blieb der Gashandel völlig an mir hängen. Ich nahm die Bestellungen entgegen, und der Kollege, den ich nur den Wahnsinnigen Wolf nannte, lieferte aus. Unterdessen hatte ich meinen Vater überzeugt, unseren abgewrackten Laster zu verkaufen und einen neuen Peugot Partner zu kaufen. Handans kleine Schwester kam mich immer noch im Laden besuchen, wenn sie gerade in der Gegend war. Sie brachte mir sämtliche Neuigkeiten. Handan wollte sich verloben. Samet sagte, es sei noch zu früh und so. Der Penner hielt das Mädchen hin.

Dann eines Tages rief Handans Schwester mich auf dem Handy an und sagte: »Kannst du uns Wasser bringen, Berke Abi?«

»Klar, aber ihr kauft doch euer Wasser nicht bei uns?«

»Dann bring halt eine Gasflasche, aber mach schnell.«

»Ist deine Mutter zu Hause?«

»Nein.«

Ich legte auf. Es war klar, dass das passieren würde. Wir hatten siebenunddreißig Mal Knie an Knie an der Mauer des Mietshauses gesessen und sogar zweimal auf dem Boulevard der Republik Tee getrunken. Sie war jetzt vierzehn und ich achtzehn. Sie war noch schöner geworden. Ihre Körperformen waren jetzt richtig deutlich, und ihr Gang war harmonisch. An den meisten ihrer blöden Angewohnheiten aus der Kindheit, wie zum Beispiel mit Flip-Flops zu laufen, hatte sie gefeilt; sie war ein richtiges junges Mädchen geworden. Es hatte sich gelohnt, dass ich gewartet hatte. Ich ging zu Handans Wohnung. Die Tür war angelehnt.

»Wo ist die Gasflasche?«

»Erzähl keinen Mist. Warum hast du mich gerufen?«

Sie fasste mich bei der Hand und zog mich langsam in die Wohnung.

»Komm«, flüsterte sie.

Ich ging hinein. Während ich mich fragte, ob ich einen Arm um ihre schmale Taille legen sollte, sagte sie: »Er ist hier.«

»Wer?«

»Na, Samet. Er ist seit einer halben Stunde hier. Meine Schwester hat ihn angerufen, weil meine Mutter nicht da ist.«

»Ja, und? Was hat das mit mir zu tun?«

»Du hast doch gesagt, du willst ihm richtig die Fresse polieren.«

»Daran kann ich mich nicht erinnern.«

»Das hat mir jemand erzählt. Hat er dir nicht letzten Sommer das Auge blau geschlagen, weil du ihn hinter seinem Rücken Averell Dalton genannt und gesagt hast, im Vergleich zu ihm wäre jeder ein Stück weit Lucky Luke?«

Wenn du ihm das nicht weitererzählt hättest, wäre mein Auge vielleicht gar nicht blau geworden, hätte ich sagen können. Stattdessen sagte ich: »Wo ist der Penner?«

»In Handans Zimmer.«

Ich klopfte an und ging ins Zimmer. Samet hatte Handan in den Arm genommen. Sie knutschten halbnackt. Dank Gott kam ich noch während des Vorspiels. Infolge meiner Razzia ließen sie voneinander ab. Handan bedeckte ihre Brüste und rannte ins Badezimmer. Samet ging schon wieder auf mich los. Er war mindestens einsfünfundachtzig groß. Er war auch ganz klar hübscher als ich. Er wurde oft Babyface genannt. Wahrscheinlich hatte es ihn deshalb so gestört, dass ich ihn Averell Dalton genannt hatte.

»Was suchst du hier?«, fragte er.

»Die Frage ist, was du hier suchst.«

Er diskutierte nicht lange mit mir, sondern verpasste mir eine rechte Gerade in die Magengrube. Ich krümmte mich. Er riss mich hoch und schlug mir gegen das Kinn. Ich stürzte zu Boden. Ich wischte mir das Blut vom Mund ab. Ich zog die Waffe. Er blieb stehen.

»Die ist nicht echt«, sagte er. Er machte einen Schritt nach vorn. Ich holte das Magazin heraus und zeigte es ihm. Ich lud die Waffe schnell wieder und entsicherte sie. Sobald er mir glaubte, dass es eine scharfe Pistole war, fror er ein und wurde schneeweiß. Ich stand auf. Handan, guck dir den Typen an, den du liebst! Ich brauchte nur mit einer Waffe in der Hand auf ihn loszugehen, und schon verkroch er sich. Ich wollte nicht abdrücken. Ich wollte ihm bloß mit dem Knauf den Kopf einschlagen. Handans Schwester ging dazwischen. Sie stellte sich vor Samet und streckte beide Arme aus.

»Mach das bitte nicht, Berke Abi. Bitte nicht.«

»Was kümmert dich das denn?«

»Hör bitte auf. Mach das nicht!«

»Warum hast du mich dann gerufen?«

»Doch nicht, damit du ihn umbringst! Ich liebe ihn!«

Samet und ich drehten uns zeitgleich zu ihr um. Handan kam aus dem Bad und starrte ihre Schwester an. Wir standen alle einfach nur da. Jemand hätte kommen und ein paar hundert Fotos von uns schießen können, wie wir da rumstanden. Handans Schwester beendete die Session, indem sie dem verblüfften Samet an die Brust sprang. »Du hast mich geküsst«, sagte sie. »Lüge ich? Du hast mich geküsst! Hast du mich nicht ein paar Mal geküsst, als wir an der Mauer vor dem Haus saßen? Ist das gelogen?«

»Was ist das denn für ein Dreck«, schrie ich. »Nicht genug damit, dass er die große Schwester zum Geschlechtsverkehr zwingt, er hat auch noch die kleine Schwester geknutscht! Schämst du dich nicht, du dreckiger Straßenköter! Du Kinderficker!« Ich stieß Handans Schwester mit der Handaußenfläche an die Seite. Sie knallte gegen die Wand und fing an, voll gespielter Trauer zu heulen. Ich hielt Samet die Waffe an den Kopf.

»Schieß«, sagte Handan.

Handans Schwester drehte sich zu mir um und umklammerte meine Knie. »Schieß nicht«, sagte sie. »Bitte schieß nicht, Berke Abi. Ecevit ist todkrank, es kommt nie wieder eine Generalamnestie, und du musst lebenslang ins Gefängnis.«

»Mach ich.«

»Berke Abi! Bitte! Wenn du den Propheten Allahs liebst, benimm dich nicht wie ein Irrer!«

»Misch du dich nicht ein! Samet, stell dir vor, diese Waffe ist ein Lügendetektor. Wenn du lügst, knall ich dich ab. Verstanden?«

Samet zitterte. »Ja«, sagte er.

»Wolltest du sie auch?«

»Wen?«

»Du weißt genau, wen ich meine.«

»Wen?«

Ich presste die Pistole hart an seine Stirn.

»Du weißt ganz genau, von wem ich rede, Samet.« Ich drehte mich zu den Mädchen um. »Ihr wisst es auch. Wenn einer von euch sagt, er weiß es nicht, drücke ich ab. Weiß jemand nicht, wen ich meine.«

Keine Antwort.

»Wolltest du sie, Samet?«

Samet weinte und sagte: »Ja.« Ich schlug ihm mit dem Pistolenknauf auf den Kopf. »Guckt euch den Typen an, den ihr liebt«, sagte ich.

Ich haute ab. Kneipe. Acht Bier, eine Schale Pistazien. Faust auf den Tisch. Ich schrie: »Ich habe niemanden in diesem Universum!« Ein paar Typen lachten. Sie hatten sich an mich gewöhnt. Sie schmissen mich nicht mehr gleich raus. Trotzdem sagte einer zu mir, es wäre an der Zeit für mich, zu zahlen und zu gehen. Ich hob mein Glas. »Ich würd ja gehen«, sagte ich. »Ich würde gehen, Freunde! Wenn es nicht noch Werte gäbe, an die ich glaube, wär ich schon längst gegangen. Aber am Rande des Abgrunds, während die ganze Welt mich nicht mit dem Arsch anguckt, da gibt es trotzdem noch ein paar Dinge, die mich auf den Beinen halten. Glücklicherweise! Da seid zuallererst einmal ihr. Da ist das Gezapfte, das wir hier in dieser Kneipe trinken. Wie glücklich sind die, die noch würdevoll lächeln können, während das Schiff dieser fiesen, gemeinen Welt untergeht. Wie glücklich sind die Männer, die sich trauen, im Namen ihrer Liebe ihre Anständigkeit zu verlieren! Auf uns alle! Guten Appetit!«

Ich stürzte das Glas herunter. Sie lachten noch mehr. Ich zahlte und ging. Auf dem Weg nach Hause hielt ich mich links und rechts fest. Am nächsten Tag, als ich am Kaffeehaus vorbeiging, rief mich mein Vater. Er setzte sich mit mir an einen leeren Tisch.

»Hast du die Lampe im Hausflur kaputtgemacht, Bülent?«

»Welche?«

»Die automatisch angeht. Die Sensorlampe.«

»Nein.«

»Der Nachbar hat dich gesehen. Lüg nicht. Du hast sie gestern Nacht mit einem Besenstiel eingeschlagen.«

Ich guckte zu Boden.

»Warum hast du das gemacht?«

Keine Antwort.

»Bist du krank, Junge? Sag mir, was du hast. Warum hast du die Lampe kaputtgemacht? Mach so was nicht …«

»Und wenn ich sie kaputtgemacht hab, na und? Ist die so wertvoll?«

»Meinst du, die Lampe wäre wertvoller als du, Junge? Ich scheiß auf die Lampe. Wer redet denn von der Lampe? Das hab ich dem Hausmeister auch gesagt, ich scheiß auf deine Lampe. Dann ersetz ich sie halt. Du bist wertvoll für mich.«

»Die ist nicht angegangen, als sie mich gesehen hat, Papa.«

»Wie meinst du das?«

»Die hat mich ignoriert, die Lampe. So oft hat sie mich ignoriert.«

»Na und? Wenn sie mich gesehen hat, ist sie auch manchmal nicht angegangen. Du musst mit dem Arm zur Decke wedeln, dann geht sie an.«

»Echt? Daran liegt das?«

»Ja. Sie haben eine billige genommen. Das hat nichts mit uns zu tun.«

Ich nahm meinen Vater in den Arm. Das erste Mal seit Jahren.

Erzählungen 2008
Ankara – Istanbul – Yalova

Danksagung

Ich bedanke mich bei Levent Cantek, der mich dazu ermutigt hat, Geschichten über Jungs zu schreiben. Ohne ihn hätte es diese Geschichten nicht gegeben. Zumindest nicht in dieser Form.

Emrah Serbes, geboren 1981 in Yalova, studierte Theaterwissenschaften in Ankara und lebt heute als freier Schriftsteller in Istanbul. Seinen ersten großen Erfolg feierte er bereits im Alter von 25 Jahren mit seinem ersten Roman um den Hauptkommissar aus Ankara »Behzat Ç.«.

Er ist nicht nur einer der erfolgreichsten Schriftsteller der Türkei, sondern gilt seit den Gezi-Protesten im Sommer 2013 durch seine aktive Teilnahme am Widerstand auch als »Schriftsteller und Stimme des Volkes«.